VENDRÁN POR TI

DAVID MARTÍN DEL CAMPO

VENDRÁN POR TI

OCEANO

*Este libro se escribió con el apoyo del Fondo Nacional
para la Cultura y las Artes (Fonca).*

VENDRÁN POR TI

Diseño de portada: Music for Chameleons / Jorge Garnica
Fotografía de David Martín del Campo: cortesía del autor

D. R. © 2019, Editorial Océano de México, S.A. de C.V.
Homero 1500 - 402, Col. Polanco
Miguel Hidalgo, 11560, Ciudad de México
info@oceano.com.mx

Primera edición: 2019

ISBN: 978-607-527-945-9

Impreso en México / Printed in Mexico

Bien lo sabéis. Vendrán
por ti, por ti, por mí, por todos.
Y también
por ti.
(Aquí
no se salva ni dios. Lo asesinaron.)

BLAS DE OTERO

El bastardo

El sueño de los amantes pertenece a los dioses. No puedo imaginar otra cosa al mirarla yaciendo ante mí. Sublime, quieta, poseída. Lo aseguró el ginecólogo que atendía a Gina cuando se quiso embarazar: la siesta *post coitum* encierra una trampa de la especie. El semen fluye de forma natural hacia el útero, aunque en el caso de ella habría que recelar. Permanece impávida como una de tantas víctimas después del placer inmoderado. Desnuda y extenuada en la apacible somnolencia del amanecer.

La noche se esfuma y un asomo de luz se insinúa bajo la cortina de damasco. Hubo un gorjeo por ahí, de hecho fue el sonido que me despertó. Un pájaro tras la ventana, aunque supuse que nos espabilarían los bronces de la catedral. Son trece campanas y terminaron de ser montadas en 1483 luego que Fernando III, el Santo, las arrebatara al moro en Córdoba. Al menos eso fue lo que aseguró el guía, ayer por la tarde, mientras paseábamos de la mano.

Por cierto que fue una reconciliación del todo fortuita debida al virus que se apoderó de mis bronquios. Miro en la penumbra su espalda, a dos palmos de mis pupilas, y descubro que tiene pecas. Son casi imperceptibles, pero las podría contar. Al hacerlo me vería obligado a ladearla y posiblemente la despertaría. En su epidermis se advierte, por lo demás, la silueta disimulada de un sostén de baño. De seguro que aprovechó los «días de bueno» recién llegada la primavera. La imagino en la playa de Donostia asoleándose en bikini. A su edad.

Daría mi vida al Demonio por perpetuar este momento. Además he descubierto que un vello dorado, casi imperceptible, se extiende en la curva de su cuello. Venus despertada por la caricia de Fauno. ¿Cuántos como yo no habrán celebrado este soplo inerte ante su belleza vulnerable? Es una pregunta sombría, sobre todo porque sé la respuesta. La frágil respuesta que me pudre el alma.

Éste será un libro de memorias.

No una novela, no una autobiografía, no una fábula de ensoñación. Un simple ejercicio de remembranza o, como está de moda proponer, «un testimonio necesario». Algo así como las implicaciones de la Depravada Trinidad: el Cabrón, el Bastardo, el Espíritu de la Belleza. Sí, estoy confundido, pero de cualquier modo —ahora que he decidido narrar esos acontecimientos espeluznantes— cubriré los espejos con una manta. El Príncipe de las Tinieblas odia su imagen porque alguna vez fue El Hermoso. El Ángel Favorito. *Alguna vez* antes de la mentira. Lo de la manta no es más que una simple metáfora. Abusemos de los adjetivos: «acontecimientos espeluznantes», sí, aunque también ridículos, extravagantes, patéticos. Espero en Satán que mi memoria no me traicione y que logre poner un cierto orden a mis recuerdos.

Karen lo insinuó una noche en Sausalito... ¡Ah, los entusiastas años en California! «Si el diablo existe, Matías», rezongó mientras se arrebujaba entre las sábanas, «se debe mover igual que tú.»

Las sábanas eran siempre de color guinda, como si durmiéramos entre los pétalos de una rosa encarnada, o entre las brasas, o en la mucosa íntima de una madre primeriza. Fue lo que repetían años después, cuando me convertí en el amanuense de Luzbel: «Tiene ojos de diablo, cola de diablo, patas de diablo, cuernos de diablo, manos de diablo. Por eso escribió lo que escribió». Olor de diablo, corazón de diablo, verga de diablo. Satán, Satán, ¿de verdad fuiste mi musa? ¿Llenaste de tinta mi Esterbrook (todavía no se inventaban las computadoras)? ¿Me soplaste al oído cada palabra de esa entelequia publicada por la editorial Diana y que arrasó el mercado con nueve reediciones?

Tengo el cuarto 403 y no logré entrar. ¿Qué hago en Vigo? La llave es una tarjeta magnética y el cerrojo no obedeció a su deslizamiento. Acudí a la administración a protestar y me dieron otra tarjeta a cambio, pero tampoco funcionó. La habitación tiene vista al norte y por las noches Cangas, al otro lado del estuario, es un espectáculo de lucecillas reflejadas en la ría.

Me han dicho que en aquella, la ribera «do Morrazo», se sirve el mejor vino verde del Finisterre. Vino rojo, vino rosado, vino blanco y vino verde para Verduzco, o sea yo, el escribano del Innombrable. A partir de hoy beberé vino negro, si no les importa.

«Nunca nos había pasado», se disculpó el conserje del hotel, y cuando escurrió su tarjeta maestra la cerradura quedó tal cual. Se volvió para mirarme con ojos atónitos. «Nunca debía pasarnos esto», creo que dijo en lengua gallega, pero con la siguiente tarjeta por fin pude ingresar en mi habitación. Fue el momento de reencontrarme con la panorámica de la ría y un soberbio espectacular en lo alto del edificio de enfrente que anuncia la exposición de Vincent van Gogh en el Museo de la Caixa-Galicia y que se apaga, rigurosamente, a las doce de la noche.

Querido Vincent: tu dormitorio en Arles me arrulla todas las noches a través de la ventana… el cubrecama rojo, la mesita con la jofaina, las dos sillas de paja. Nunca fuiste feliz, nunca pudiste amar, nunca escuchaste a Dios. Por eso la osadía de la bala en los trigales de Auvers. Ahora que nombro ese poblado en la ribera del Oise, me viene el recuerdo de ella —una peregrina de tantas— porque fue, lo que se dice, una mera coincidencia.

Ah, bienquisto Vincent; si no hubieras sufrido tanto, si no hubieras encarnado al genio suicida, si no hubieras pintado una sola tela y te hubieses conformado con subsistir como un pastor de almas intentando remediar la irremediable vida de los pecadores, no habría entonces bebido yo ese cáliz doble. No habría conocido a esa mujer. No estaría aquí, bajo la ventana del hotel Méjico, mirando tu dormitorio que apagan al punto de la medianoche. Insisto: si hubieras optado por rezar en vez de pintarrajear uno y otro lienzo, ahora sería yo un hombre contento. Así que óyelo bien: tú tienes la culpa.

«Señor mío Jesucristo, Dios y hombre verdadero…», ¿qué te costaba elegir la profesión de fe? Rezarías antes de irte a la cama y te despertaría el gorjeo de los cuervos remontando el cielo. Así que aquí me tienes a mí, *el de la insoportable mentira*.

Pero estábamos en lo de aquella ominosa ocasión al otro lado del océano, en la calle de Árbol del barrio de San Ángel, la madrugada en que ocurrió lo de la cerradura atascada. Había sido una noche de parranda y Gina no estaba en casa. Sobrellevábamos el enésimo pleito de vértigo que fue nuestra relación. Ella se había ido con el niño y el resentimiento a casa de su madre. No se percataba aún que compartía la almohada con el amanuense de Luzbel. Por cierto que esa noche sí que traía yo al diablo por dentro; el diablo Stolichnaya, elíxir del leninismo, con jugo de tomate y percutiéndome las sienes.

Fue la noche inefable en que la llave se atascó. No hay gran poesía en el borracho que llega a casa y no puede abrir la puerta. ¿Cuántas ocurrencias no hemos escuchado de esa historia? El tipo que grita melosamente a su mujer *¡Abra-cadabra, Abra-cadabra…!*, el que ha perdido el llavero en un burdel, el que decide irse a dormir a casa del vecino y se topa ahí con su propia mujer. Pero la puerta permanecía imbatible.

El problema se reducía a que la llave no podía ser insertada en la boca de la cerradura. Tener esa contrariedad al mediodía no es lo mismo que padecerla a las tres de la madrugada, así que resolví acudir al consultorio del doctor Estrada. Ramiro Estrada, odontólogo y ortodoncista, mi compañero de la preparatoria. Me había proporcionado un juego de llaves por si alguna noche volvía a tener una emergencia.

El acuerdo era solamente uno: que a las nueve de la mañana, pasase lo que pasase, el consultorio debía estar desocupado porque a esa hora llegaba la afanadora y poco después el primer paciente. Debo decirlo ahora para no complicar la situación: de ninguna manera Gina es una mujer fácil. Nunca lo fue. Y cuando digo *fácil* quiero decir comprensiva, apacible, sumisa. Fue mi discípula en El Colegio de México y lo más hermoso de ella, nunca podré olvidarlo, era su risa. Estentórea, a punto de carcajada, una risa primigenia con algo de terremoto y mucho de orgasmo. Supongo que así debió reír Dios cuando concluyó la Creación.

Cuando Dios concluyó la Creación. Qué cursis nos ponemos a la hora de sacudir el polvo de la nostalgia. Esa madrugada Gina no estaba en casa, ya lo dije, se había ido con el pequeño Gabriel, *su* niño, a casa de su severa madre. Así que a punto de iniciar el escándalo del picaporte dañado resolví pernoctar en la salita del consultorio odontológico. Ramiro me había confiado las llaves meses atrás y no haría más de diez minutos en auto.

Era como mi segunda casa. Un sofá largo, cuatro litografías mostrando coquetas ciclistas del fin de siglo, una mesa baja colmada de revistas, un baño minúsculo y una lámpara fluorescente que hacía pensar en la sala de una funeraria. Después de todo perder una muela es morir un poco; supongo. Allí pasé la noche, la mitad de la noche, arrullado por el rumor de la avenida Universidad seis pisos abajo. Me despertó el ruido de la afanadora con la cubeta metálica.

Así me trasladé a la Comisión a negociar *la verdad*. Debo aclararlo de una vez: me desempeño como «responsable de área» en la Comisión Nacional de Libros de Texto Gratuitos. En mi oficina se decide la verdad histórica del país; es decir, se argumenta y se *negocia* entre especialistas la versión que aprenderán veinte millones de niños. Sociólogos, lingüistas, pedagogos, literatos, historiadores como yo que negociamos los textos del libro, párrafo por párrafo, discutiendo galimatías como el de la expropiación petrolera de 1938. «¿Fue un capricho marxista del presidente Lázaro Cárdenas o una apuesta estratégica ante la descomposición mundial que se avecinaba ante la inminente guerra?» Lo mismo el movimiento estudiantil de 1968 y la zozobra moral del padre Miguel Hidalgo tras su captura en 1811. Ese tipo de cuestiones se deciden en mi oficina. Una docena de redactores se encargan de poner la *verdad histórica* en caracteres Bodoni, de catorce puntos, porque hasta esa decisión tipográfica —adecuada para lectores de quinto año de primaria— se resuelve también en mi escritorio… O debo decir, se resolvía.

No quiero ofrecer la imagen arquetípica del intelectual. Ron nicaragüense (en apoyo de las migajas del sandinismo) y un permanente desorden amoroso. Ni yo mismo me considero algo que suene a eso. El profesor Froylán lo machacaba en clase: «Los obreros producen bielas, ustedes los intelectuales deben producir eso; ideas… o al menos intentarlo». Es una cuestión odiosa.

Y encima de todo la maldición que me acompaña desde que publiqué el libro aquel que arrastro como lápida sin epitafio. En esas circunstancias llegué a la oficina. Demacrado, con la misma ropa y soltando un hálito nada espirituoso. Las llamadas telefónicas de Gina no se hicieron esperar. Preguntaba por mí cada veinte minutos, pero afortunadamente la secretaria lograba hacer el *dribble*. Aproveché la pausa de mediodía para buscar al cerrajero. Lloviznaba. Lo conduje a casa sin explicar demasiado mi personal desasosiego y con la promesa de que en media hora lograría reingresar en mi… «hogar», estuve a punto de escribir.

Qué extraña suena la palabra desde esta habitación mirando los bateles que cruzan la ría hacia Cangas. Mi hogar que mal abandoné hace más de un año para convertirme en prófugo. Durante todo ese tiempo no he sido más que una mota de polvo añadida a la Biblioteca Central de Francia. Un lector anónimo porque dejé de escribir (hasta hoy), incluso cartas, y no he hecho más que leer y leer. Además que no caigamos en confusión; lo principal de la vida es salvarla.

El cerrajero, un gordo simpático de gruesas patillas, no debió forcejear demasiado con el picaporte. En menos de diez minutos, manipulando sus ganzúas, pudimos ingresar al dúplex y mi primer acto fue descorrer la cortina y reconciliarme con mi secuaz de siempre en aquella tarde lavada por la lluvia. El Ajusco, mi entrañable volcán azul plomo. Estaba en eso cuando el cerrajero, afanándose con el destornillador, preguntó sin más: «¿Tiene muchos enemigos?».

Parecía un diálogo de novela negra. Philip Marlowe induciendo una respuesta obvia. «¿Que si tengo qué?», pregunté a mi vez en lo que revisaba el frutero rebosante de manzanas starking. «¿Algún vecino con problemas, algún acreedor?», insistió el regordete, y al volverme hacia él aprovechó para mostrarme el pomo de la cerradura que había sacado de la puerta. «Así nunca iba a entrar su llave», y lo aproximó para que pudiera advertir la embocadura lacrada con algo que parecía una gota de saliva. «Es resina epóxica, la venden en cualquier tlapalería», comentó cual disculpándose. Yo revisaba aquel tapón acrílico, sólido como el vidrio, cuando el buen hombre completó: «Es del tipo kola-loka, como el que anuncian en la televisión». Entonces alzó un sobre que había permanecido oculto bajo el tapete. Lo revisó unos segundos antes de entregármelo. El pliego simplemente decía «Matías X.».

Lo abrí con cierta rudeza, rasgando con las uñas, y apenas leer su contenido la manzana resbaló de mi mano. Había perdido la respiración y mi sangre era un torrente helado. «¿No pudistes entrar? La próxima vez sí podrás pero al Infierno con los Tuyos.» Es lo que decía la carta. Decía insinuaba advertía anunciaba.

Mostré la amenaza al cerrajero mientras se limpiaba las manos con un paño pringoso. ¿Qué no se percataba de ese desastre gramatical? *Pudistes*, y la coma faltante entre los dos complementos. Lo habían escrito con lápiz, alguien sin demasiada escuela, aunque en última instancia no era más que la trasposición del español antiguo, ladinizado, que llegó cuatro siglos atrás para enraizarse en los pueblos aislados de la serranía. *¿Ya ensillastes la mula?*

Alguien me estaba retando. Un enemigo rústico y, lo peor de todo, que en ese momento de pavor y desconcierto sospeché que mi anónimo adversario podría ser *plural*. No me amenazaba alguien, sino *algunos*.

En ese lapso el cerrajero había cambiado ya el mecanismo estropeado y me entregaba el nuevo juego de llaves. «¿No ha pensado en mudarse?», me insinuó al pagarle el servicio.

¿Qué responder? ¿Mudarme sólo porque a un enajenado se le había ocurrido fastidiarme la cerradura con unas gotas de polímero? ¿Y qué decir del recado? Mostraba lo que cualquiera hubiera puesto para despistar una averiguación policiaca, si es que la iniciaba. Lo incuestionable era que una broma, que se pasaba de pesada, me había impedido entrar en casa… además de enviarme enfáticamente al infierno. Pero ¿cuántas veces no somos enviados al demonio y con un lenguaje menos elegante? En cantinas anegadas de tequila, en atascamientos de tránsito, en discusiones de hartazgo político.

Pero ahora —es decir, *entonces*—, alguien se había encargado de confinarme a la intemperie y sembrar una amenaza que podría significar cualquier cosa. «¿Vive usted con alguien?», preguntó el cerrajero cuando se acomodaba el morral de trabajo. De momento no supe qué responder. Me lanzó una mirada extraña. «Lo digo por lo último, ¿se fijó? *La próxima vez sí podrás pero al Infierno con los Tuyos*. O sea que se quieren fregar también a sus familiares, o lo que sean.» Tonto no era.

Esa noche estuve especulando. «¿Quiénes son mis enemigos?» No los colegas en perpetua competencia, historiadores que me han usurpado grupos de primer ingreso en El Colegio de México o que hubieran saboteado la publicación de algún artículo mío en el *Boletín de Historia y Documentos*, como ocurrió hace años. Presenté entonces al comité editorial mi trabajo: «Octavio Paz en Delhi: la noche de la ruptura», en el que disertaba sobre las razones de la renuncia que había presentado el poeta, como embajador ante el gobierno de India, a consecuencia de la matanza de estudiantes en la plaza de Tlatelolco el 2 de octubre de 1968. Un artículo que, ante la demora de meses, decidí publicar en el suplemento *Diorama* de *Excélsior* y que me granjeó la amistad del intransigente Daniel Cosío Villegas.

«¿Quiénes son mis enemigos, quiénes mis amigos?», cavilaba sin poder anclar la mirada. Lo de la gramática mema no era relevante; sugería más bien una pista falsa. Lo más sencillo habría sido concluir que mi adversario despachaba en un puesto del mercado de Mixcoac y no en un cubículo de la academia. En el Instituto de Investigaciones Históricas tenía dos o tres colegas que me respetaban, junto a otros veinte que rumiaban contra mi obra que siempre han calificado de *light*, por más que ese esfuerzo «amenizador» busque ganar lectores no académicos, que son el 99.9 por ciento de la población nacional. «Enemigos, enemigos», cavilaba esa noche con la silla atrancada contra la puerta y mirando la silueta megalítica de mi fiel Ajusco en el horizonte.

Era casi la medianoche cuando decidí telefonear a Ezeta. El físico Raymundo Ezeta estudia las ondas electromagnéticas del Universo —me ha obligado a escribirlo con mayúsculas, como Dios y como Océano Pacífico—, y se ha empeñado en demostrar que la estática flotante que registran los aparatos de radio, los televisores y los radares interestelares no es más que el eco del Big Bang con que inició *todo* y que duró tres centésimas de segundo. «Fue un cabeceo de Dios. El instante en que le ganó el sueño y se disparó la energía que engendró la materia. Y no al revés.» Yo no entiendo demasiado esa argumentación. Me conformo con la insólita fórmula del $E = mc^2$ y la creencia de que la luz tiene masa, y por lo tanto gravedad. «De seguro es un marido ofendido que halló uno de tus poemitas nerudianos», me advirtió Ezeta al teléfono, adormilado como Dios al concluir el Génesis. Fue cuando derivó al subjuntivo: «Si no hubiera sido físico me habría dedicado a la psicología. La fuerza de los celos, mi estimado Matías, es capaz de cualquier estrago. Recuerda Troya».

Las fuerzas del Universo desplegando sus pulsos estelares y aquí nosotros rumiando las consecuencias de una carta excedida. «Así que te sugiero, por tu bien y el de Gina, que inicies un acto de contrición a fin de conciliar tus veleidades eróticas. Cuenta y recuenta las novias despechadas, las señoras ajenas que lloraron entre tus brazos. No te aburrirás, Mati.» Y colgó.

Así me fui arrullando esa noche, con el cuaderno sobre la frazada, hasta que terminé vencido por el sueño. Y ciertamente que no me aburrí, aunque la lista no resultó demasiado extensa. Era una docena de nombres y no todos remitían a situaciones comprometedoras, *demasiado comprometedoras*. Un par de novias jurando que no volverían a verme, y algunas otras que quedaron como amigas confidentes después del *momento de aproximación*, porque no otra cosa es el enamoramiento; quiero suponer. Ninguna de ellas habría tenido motivo para ingresar en la categoría esquizofrénica del caso, a no ser una confidencia inoportuna con el azorado marido. En mi beneficio debo decir que siempre he sido un enamorado sentimental, un «amante dulce» (cualquier cosa que eso pueda significar) y no todos los paseos terminaron en besos, no todos los besos en caricias, no todas las caricias en cama… y no todas las camas en apareamiento. Siempre he sido un desastre para esos enredos; quiero decir, soy un amador enfermo de ternura. Más Casanova, menos Don Juan.

De ahí mi soltería conspicua. Las mujeres se aburren demasiado pronto conmigo y no logran reconocer al macho inmemorial que les aseguraría un buen partido genético. Además que no he *vivido la guerra*, como mi padre; ni he amasado fortunas, como mi padre; ni he arrebatado amores a lo perro, como mi padre. Sin embargo, ahí está la pescadera.

Claro, Eva, la pescadera. Administraba el puesto principal en el mercado de San Ángel y nunca supe si tenía marido (sospecho que no). Nunca nos dijimos nada demasiado comprometedor y siempre buscamos temas que mediaran entre la llaneza plebeya de su oficio y las complicaciones exegéticas del mío. Salimos a comer en dos ocasiones y a lo más que llegamos —que llegué— fue a rozar su mano con cualquier pretexto. Tenía, eso sí, un hijo adolescente que me miraba con ojos de alfanje. Un día lo insinuó ella, «Ismael no te quiere nada, murmura todo el tiempo sobre el día en que asistirá a tu funeral». Eva, sus ojos verdes, la cabellera oscura, los brazos morenos de sol pues ella misma era quien se encargaba de escoger las piezas, al despuntar el día —pargos, pulpos, robalos— en la descarga de los camiones de hielo dentro del rumoroso mercado de La Viga. Yo iba a la compra los jueves y de pronto ella comenzó a ausentarse ese preciso día. Después nada. Dejé de acudir al puesto y meses más tarde me topé circunstancialmente con su hijo Ismael. Fue en una tienda de música y el muchacho me señaló dos veces, el índice como el cañón de un arma, sin mover un músculo de la cara.

¿Será él? Ismael atascando la chapa de mi puerta y queriéndome llevar al infierno solamente porque Eva, su madre, aceptó aquel poemario de Jaime Sabines que le obsequié y luego, al recitarlo sobre el mantel manchado con el Chianti, creo que nos besamos. Un solo beso, a la hora de la despedida, como de adolescentes en la secundaria. Eva y aquel poemario que le inundaba de lágrimas los ojos, *Yo no lo sé de cierto, pero supongo que una mujer y un hombre un día se quieren, se van quedando solos poco a poco, algo en su corazón les dice que están solos, solos sobre la tierra…* Eva y su olor a ozono, sus delantales salpicados de sanguaza y agallas. ¿Ismael? No, no creo.

Luego vino lo del *percance*. Ocurrió de noche cuando finalmente Gina y yo habíamos hecho las paces y compartíamos el letargo de la reconciliación. Primero fue el ruido, un estallido sordo, y a los pocos minutos el rumor de los vecinos en la calle. Luego aquellos puños golpeando la puerta de casa, «Su coche, señor Matías, que se incendia».

El auto de Gina era el que se guardaba en la cochera. El mío pernoctaba en la calle, con la alarma activada. A los pocos minutos arribaron los bomberos, las patrullas de policía, el agente de la compañía de seguros. Fue cuando el pequeño Gabriel asomó a la calle, despertado por el barullo, y al contemplar aquel pandemonio comentó con fascinación, «¡Qué padre, un incendio! Nunca había visto uno».

El reporte del auto fue de pérdida total. Y lo más triste de todo, que en la cajuela guardaba una colección invaluable de fotos de Uriel Govea. Era una caja con más de doscientas impresiones, únicas, que había logrado adquirir en Tijuana luego de varios días de regateo. Ya hablaremos en algún momento de Uriel Govea y su *conversión*.

Las fotografías eran en blanco y negro, se remontaban a los años treinta y no podían guardarse en casa con el hijo de Gina que lo esculca todo. Las estampas me fueron ofrecidas como «postales artísticas» y en ellas desfilaban una docena de muchachitas achinadas —los párpados sombreados con excesivo rímel— posando desnudas, o a medio desnudar, mostrando las verijas mientras son penetradas por tremendas virilidades. Había pagado más de tres mil dólares por aquel tesoro de obscenidad que el *percance* se encargó de reducir a cenizas. Dios es justo.

Alberto Ruy, estrenándose como encargado de Artes de México, se interesó en la colección. «Claro que me encantaría publicar el libro con tu ensayo; pero este gobierno que se anuncia como renovador de la moral clausuraría la editorial y a mí me encerrarían tres años en la cárcel.» Mi auto, un Nissan con varios años de uso, no valía la mitad de esa colección pornográfica. Y lo más triste de todo, que en esa caja iba la mayor parte de mi investigación: los nombres de algunas de esas muchachitas de 1929… ancianas chimuelas que localicé ya de 72 o 73 años. Ahí guardaba los casetes con las entrevistas a las regentas de algunos burdeles tijuanenses de esa época; el Charles Tijua, el María la Colorada, el Donky-Tonky, además de recortes periodísticos que el tiempo había virado al amarillo y un rollo de celuloide en 16 milímetros con la única película existente de la cinematografía que Govea realizó en su estudio clandestino, y que exportaba secretamente a distribuidores poco estrictos de Los Ángeles.

Todo sucumbió en aquel infierno de madrugada. El capitán de los bomberos me hizo firmar un acta donde certificaba que la conflagración había sido controlada, y como el seguro no cubría daños por inundación, sismo o incendio, al día siguiente —luego de recompensarme con un cheque por algunos pesillos— una grúa se encargó de llevarlo a un deshuesadero donde sería transformado en chatarra. Después de todo, ¿no hacemos lo mismo con estos cuerpos contagiados de memoria y desmemoria? ¿No llevamos todos un *archivo Govea* guardado secretamente en un resquicio del corazón? ¿No termina todo reducido a olvido y cenizas, como mi eficiente Tsuru cuyas placas he olvidado?

Como no levanté acta ni acudí al ministerio público, el episodio quedó como eso; un mero accidente. Sí, claro, y lo peor de todo que a Gina nunca le había confesado lo de la cerradura saboteada y la amenaza carente de sintaxis de varias semanas atrás. Y ahora —es decir, *entonces*— aquel nuevo atentado de indudable flagrancia. ¿Qué tan difícil es vaciar un galón de gasolina sobre un auto bajo las sombras de la noche?

Era el momento de visitar a Paulino Orozco. Acudí a buscarlo en su oficina de la Policía Federal. Orozco fue un compañero poco sobresaliente de la secundaria que resolvía los exámenes escolares colando la mirada por encima de mi hombro. Luego hubo una temporada en que nos reencontramos para jugar tediosas partidas de dominó, y que a poco abandonamos. Desde hacía varios años se encargaba de la oficina de Imagen y Relaciones Públicas de la Policía Federal, donde diseñaba anuncios promocionales mostrando a gendarmes eficaces de sonrisa garbosa y bigote recortado. Frente a su escritorio le relaté escuetamente mi caso; es decir, *mis casos*.

Paulino Orozco personifica al prototipo del corrupto sinvergüenza. Uno de esos excondiscípulos que demasiado pronto capitulan seducidos por el poder. Ha sido un machista *natural* de toda la vida, nunca entendió lo que era nuestra militancia en la clandestinidad, y en las cosas del arte no distinguía un Tamayo de un Toledo (vamos, una sonata barroca de Juan Sebastián Bach de cualquier popurrí interpretado por el órgano melódico de Juan Torres). Lo único importante era el dinero, proviniese de donde proviniese, y con tal de conseguirlo —se jactaba— «era capaz hasta de trabajar».

Orozco se había hecho amigo de ladrones y narcotraficantes, comandantes policiacos y directores de penales. Luego de escuchar mi caso puso cara de falsa compunción. Comenzó a hacer preguntas de rasera obviedad, ¿dónde trabajaba?, ¿tenía enemigos en la Comisión de Libros Gratuitos?, ¿me había peleado con algún vecino?, ¿andaba metido en algún lío de faldas?, ¿mi mujer me engañaba? «¿Gina?», alargué mi respuesta que era, a su vez, un ofendido reclamo. Prometió ofrecerme seguridad y esa misma noche pernoctarían, frente a casa, dos agentes *en su unidad*. No me pedirían nada, no me molestarían, solamente reportarían con él. Y si orinaban en la calle, que por favor los disculpara.

Al despedirnos comenzamos a divagar sobre el destino de algunos compañeros de la secundaria a los que habíamos perdido la pista y luego, como acto de confidencia, abrió uno de los cajones de su escritorio. Me entregó un pesado libro de tapas duras que guardaba ahí. El volumen se titulaba «Toda la verdad», era mediano y al parecer anónimo. Al abrirlo advertí que se trataba de un estuche camuflado pues hallé un revólver cargado, y Orozco me previno: «Es calibre 38, prohibido para los civiles, así que ante cualquier problema dices que yo te lo presté». Lo llevé a casa, muerto de miedo, y lo coloqué junto a *Pueblo en vilo*, que don Luis González me obsequió autografiado el día de mi examen profesional.

Gasté mis ahorros para adquirir otro Nissan de segunda mano. Gina se creyó lo del incendio accidental —yo también, para mi tranquilidad— y las cosas tuvieron un engañoso florecimiento. Por entonces el director del Museo Regional de Tijuana me llamó anunciando que habían encontrado otro archivo fotográfico de Uriel Govea. «Éste es más picante», confesó a media voz, porque sabía que aquel botín de lascivia sería tasado igualmente en dólares.

Noche tras noche reconocía fuera de casa el auto de los centinelas. En ocasiones era un Ford negro, luego un Malibu gris, a veces un Jetta color marfil. Aunque los agentes no me saludaban, me hacían un guiño como indicando que todo permanecía bajo control. Así pasaron varias semanas, y por fin el pequeño Gabriel logró ser inscrito en un centro de preescolar. Eso le permitió a Gina disponer mejor de sus horas.

Por aquel tiempo fui invitado a participar en el coloquio nacional que prologaría los festejos del Quinto Centenario del Descubrimiento de América, que desde el primer minuto algunos comenzaron a denostar. No se trataba de *descubrimiento* sino de *encuentro de dos mundos*, no eran cinco siglos *de contacto* sino de *sumisión*, no había nada que *celebrar* sino convocar a una *resistencia transcontinental*. Esas manifestaciones de furor arcaizante me recordaron los días de mi contacto con los últimos representantes, supongo, de la secta Chicome Técpatl. Vínculo por el cual ahora soy, ni más ni menos, un prófugo salvando el pellejo. La cofradía estaba integrada por siete cofrades y de su intolerancia mística derivaría, años después, el libro que me surtió fama, zozobra y exilio.

Todo tiene que ver con todo. Aquel puñal de obsidiana alzado al amparo de la Cabeza de Juárez, ¿qué relación guarda con el dormitorio de Van Gogh que ahora miro desde mi habitación en el hotel Méjico? ¿Será que en aquel lecho durmió el desdichado Vincent la noche que cercenó su oreja izquierda? Y los barcos de pasajeros que remontan silenciosos la ría de Vigo, ¿no habrían sido apropiados para la navegación de *ella* y Günther a través del Atlántico en esa mañana de esperanza y fuga?

Yo, Matías X. Verduzco… hablando de *fuga*. Tensen la bastarda, fijen la caña, aten los cabos de sotavento que vamos iniciando la travesía de este ejercicio de memoria y redención. El Diablo trozándose los cuernos, Vincent la oreja y Dios la coleta luego de rendirse ante el sopor (hace trece mil millones de años, Ezeta *dixit*) cuando en un ronquido perdió el control y se le chispó el Big Bang que ahora nos tiene como nos tiene.

Pero quién va a *contar* esta historia. ¿Dios, el imperioso *omnisciente*? ¿El Demonio rasurándose ante el espejo? ¿Yo mirando los *ferries* que zarpan cada media hora hacia Cangas? Éste es un marasmo de pasiones. Ojalá nos asistiera la prudencia, indispensable para esclarecer los recuerdos urdidos con mi testimonio. Y las fábulas del «contexto», y la inevitable cháchara añadiendo fárrago y líneas ágata que invitan al bostezo. *Yo narrador me confieso al Todopoderoso…*

Querido Vincent, ¿qué habría ocurrido si el disparo contra tu pecho hubiera sido más preciso? Es decir, ¿qué tal y le hubieras acertado a la aorta y una hora después un perro, de los que abundan en Auvers, te hubiera roído la cara? Habrías sido un occiso anónimo en los trigales de la campiña. Qué pregunta, querido Vincent.

Pero dejemos hablar a Luzbel, antes que me prescriban el exorcismo.

El problema reside en que el diablo existe. El Diablo con mayúsculas porque todos, ultimadamente, estamos yéndonos al infierno. Es la pura verdad. A casa hoy, al trabajo mañana, pero a fin de cuentas yéndonos al Demonio. Podemos negarlo pero, ¿no estamos siempre partiendo y no llegando? ¿Hacia dónde cuando no hay redención posible? ¿Adónde en esa pálida hora que terminaba y no terminaba?

Era la segunda ocasión que me ocurría. Eso de no saber qué hacer ante la cerradura atascada (luego sabríamos que «obstruida»). Impedido de ingresar en casa, era como un prisionero a la intemperie. ¿Adónde ir? La llave que no entraba en el picaporte y que me abriría, poco después, las puertas mismas del infierno. El Infierno.

Hay un recuerdo de la infancia en el que voy de la mano de mi padre. Estamos en el Claustro de Guadalupe, en las inmediaciones de Zacatecas. Los muros del monasterio mostraban escenas piadosas, pero había un rincón donde estaba plasmado el Averno: demonios que martirizaban a estos pecadores que somos, que fuimos, que hemos sido siempre. No he olvidado aquellos frisos habitados por diantres como hienas, como saurios, como cabras de pezuñas requemadas. Eran la peor pesadilla. Los diablos empuñaban trinches, puñales, garfios con los que laceraban a sus víctimas envueltas en llamas. El Tártaro al que un día iremos a parar. Sobre todo yo. Tendría entonces, hoy no lo puedo precisar, ¿siete años?, cuando mi padre me suelta para encender un cigarro. Es el momento en que me precipito al *abismo*.

Apenas desprenderme de su mano dejé de respirar. Su mano que asesinó a varios, que sedujo a incontables mujeres (desde luego mi madre), que me abofeteó una última vez el 22 de septiembre de 1959… nunca olvidaré la fecha. Su mano sobre el teclado de la pesada Remington —escribía sólo con la derecha— porque me fascinaba escuchar la campanilla al finalizar la carrera del rodillo, *¡ding!*, instante en el que secretamente *debía* pedir un deseo. «Que esta noche me transforme en golondrina», «Que Mamá ya no llore a solas», «Que me lleven otra vez a la playa», por ejemplo. O luego, «que le dé cáncer y se muera antes de Navidad».

Mi padre muriendo en silencio, crucificado por el dolor, purgando el desliz que cifró su vida entera. Dios me escuchó ese día, lo sé, aunque hubo un bálsamo que suspendió la inmolación. Creo recordar —ahora que estamos entregándonos a los estantes de la memoria— que en esa fría mañana de febrero, al zafar mi padre su mano, comprendí que sería preferible no morir… No morir nunca; antes que los demonios me arrastrasen a ese averno imaginado por Ignacio Berben. Fue el artista encargado de pintar aquellos frescos en Zacatecas, tres siglos atrás. Lo investigué después en la Biblioteca Powell de la Universidad de California.

Pero ya lo digo, todo ocurrió en ese terrífico momento en que mi padre encendía su cigarro. El fósforo incendiándose (nunca le gustaron los encendedores costosos), el pitillo vacilando entre sus labios, el ceño concentrado y las manos formando un resguardo contra el viento.

En ese momento dejé de respirar. Sería mejor diñarla por asfixia a que esos demonios me llevasen porque seguramente me sacarían los ojos y desgarrarían el ano. Verterían plomo ardiente por mi boca, igual que los legionarios romanos a sus esclavos. Yo muriendo, los malditos riendo y mi padre, Damián Ceniceros, en el mismo trance gerundiano, fumando.

—¿Qué pasa, Tlacuache? ¿Te dio un retortijón?

¿Así que no lo sabían? Soy Matías, el hijo de Damián Ceniceros. Desde luego que renuncié a su indigno apellido y opté por el de mi madre, Verduzco, en repudio a su blasón de porquería.

Para enarbolar el apellido de mi madre, obviamente, hubo que sobornar a un juez del registro civil. Ahora (toda una vida después) he perdido el miedo a mi padre que se transformó, lo que son las cosas, en un *pobre diablo*. Hace diecinueve años que no lo busco, aunque eso sí, nos hemos cruzado en algunos cocteles y conferencias, pero cada cual como un espectro impávido.

«¿No vas a saludarlo?»

«Preferiría que no. Traigo navaja; no me vaya a sulfurar.»

Lo que he ganado durante ese lapso, en compensación, es la intuición del infierno. Muchos aseguran que soy como uno de esos demonios retratados en el claustro zacatecano. Hasta hubo una reseña en la que me bautizaron como «el escribano de Satán».

He pecado con los cinco sentidos que son «las aduanas del cuerpo» —lo aseguraba en el catecismo el padre Vega—, aunque fundamentalmente he pecado con la imaginación. Es lo que afirmaron, en su momento, los reseñistas de *Novedades* y *El Heraldo de México*. Fue lo que nunca me quisieron perdonar: discurrir, especular, ingeniar. El deleite —ya lo infirió Federico Hegel— de la dialéctica. O, como dijo el alelado Trespatines, «el *deleicte* de la *dialética*».

La puerta atascada. El cerrojo se encasquilló una vez más y revisé la inscripción del llavero: «Hotel Méjico / Policarpo Sanz 66, Vigo».

La llave en mi mano (aquella otra ocasión) y yo preguntándome desde la beodez: ¿no me habré equivocado de puerta? ¿De casa? ¿De ciudad? La maldita herencia: mi padre terminó convertido en un borrachín y yo, no pocas veces, he amanecido con el hocico partido sin apenas recordar la bronca. Pero no. Aquella puerta obstruida me cerraba el acceso a casa, los noventa metros cuadrados del modesto dúplex con vista al Ajusco, y que me dispuso (ya lo he dicho) en el camino al infierno.

La Cabeza de Juárez

L legó el tiempo de la normalidad. Los relojes marcando la hora, los gorriones revoloteando, las madres amamantando, las nubes evolucionando y la cerveza disipando su cofia de espuma en la boca de los tarros. La normalidad es un gerundio extendiéndose por el planeta. La ciudad que bosteza y las mesas a punto de la merienda: un pan con mantequilla, la sopa de fideos, una copa de vino y el radio transmitiendo la grabación apoteósica de Stan Getz y João Gilberto, *Garota de Ipanema*.

Fue el lunes 9 de septiembre, jamás lo olvidaré. Había extraviado ya un par de paraguas pues estábamos en plena temporada de lluvias. Esa tarde llegué temprano a casa con una película rentada en el Videocentro, *El honor de los Prizzi*, que no había podido ver en la corrida normal. ¡Ah, la normalidad! ¿Hay alguna experiencia más agradecible que una película vista en el hogar? Es algo emparentado con el sueño de los benditos. Un abrazo, el asalto al mullido sofá, un sándwich de jamón, una cerveza a la mano y en la pantalla Anjelica Huston, la despechada nieta del mafioso don Corrado.

No le había dicho nada a Gina, tan nerviosa en esos días a punto de ser victimada por el SPM. Y la investigación sobre Uriel Govea que había retomado (SPM no es otra cosa que el pavoroso «síndrome premenstrual») concertando nuevas citas en Tijuana. Si recomponía exitosamente ese libro lograría un volumen de escándalo e impudor. Uriel Govea —el singular documentalista de los años treinta que sería conocido como «el Joris Ivens del movimiento cristero»— terminó sus días en el anonimato como un bohemio perdulario, cámara en ristre, pernoctando en los burdeles de la frontera donde finalmente lo halló la Parca. De hecho fue el innovador del género en México, y Carlos Monsiváis había aceptado escribir el prólogo del volumen, claro, si lograba ser completado con las fotografías del nuevo «tesoro».

Gina había visto ya la película de Huston con su esposo inaugural y, según dijo, la maravilló. Siempre ha estado enamorada secretamente de Jack Nicholson, aunque ignoro qué es lo que ve en ese gandul. No era la primera ocasión que rentaba un video para halagarla, porque una película vista por segunda ocasión tiene un disfrute distinto. Además que uno puede quedarse dormido sin ninguna culpa (como el sueño que se disuelve dentro de otro sueño) porque en aquel entonces todos celebrábamos la aparición de ese prodigio de la civilización llamado *videocasetera*.

Gina no estaba en casa aquella tarde ni tampoco Gabriel, su fiel escudero aprendiendo las vocales. «*Íiii* hacen los ratoncitos, ¿verdad Mati?, aunque yo creo que no existen porque nunca he visto ninguno.» Pobre niño, ya tendrá tiempo de conocer a los simpáticos roedores, aunque también a las ratas, los escorpiones y las serpientes acechando en los bares de *table*. Atardecía ya cuando entré a la alcoba en penumbra. Me tiré sobre la alfombra e introduje la cinta de los Prizzi en la casetera. Algo me olió raro y encendí el televisor. Un aroma dulzón, como de cocina al mediodía, y recordé que había dejado en el auto dos botellas de Casillero del Diablo (disculpando, ¿eh?). El vino tinto es mi mejor aliado para vencer las evasivas de Gina quien, desde hacía varias semanas, se había mostrado rejega y dormía y despertaba con la pijama puesta. Entonces, en los segundos en que aparecía la imagen del televisor, me vino un instante de clarividencia que me situó en el borde mismo del Averno del que no he salido. Había *algo* reflejado en el cristal del cinescopio, como un espejo empañado.

Aquella silueta en la pantalla se superponía a la advertencia del FBI contra los usos ilegales del material grabado. Era algo atrás de mí, entre las sombras, sobre la cama. Pensé en Gina, ¿habría olvidado ahí su enorme bolso?, así que giré sobre la alfombra para identificar aquel vislumbre y «¡Ay, Dios, Dios…!» grité y con el salto estuve a punto de volcar el televisor.

Sobre la cama había una cruz de sal y en medio un gato muerto.

Me levanté horrorizado y con enorme dificultad me dirigí al muro para encender la luz. Una feroz opresión se apoderó de mi pecho y supliqué al cielo que aquello no concluyera en infarto. Encima del cobertor rojo carmesí, alguien había colocado aquel gato guillotinado al que le habían cosido la cabeza de un chivo. Aspado sobre la cruz mineral, el cuerpo lucía un puñal antiguo clavado en mitad del pecho. No me debí sorprender. Aquello sobre la colcha era simplemente la presencia de Lucifer.

Lo peor del maleficio era que en el extremo de la cruz, donde descansaba la cabeza de cabra, había un sobre con mi nombre a lápiz: «Matías Xóchitl». Desde hace años opté por el de mi madre como primer patronímico, y creí reconocer la escritura. En las ancas del cadáver había otra carta con los nombres de Gina y Gabriel. Es decir, «Yina» y «Grabiel», mencionaba. El felino tampoco tenía cola, se la habían mutilado.

Una tibia humedad se apoderó de mis muslos. Demasiado tarde para comprender que me había orinado y, por segunda vez, estuve a punto de caer desfallecido. En la pantalla del televisor, mientras tanto, el niño Charley Partanna era bautizado ante el padrino Corrado Prizzi para integrarlo a la hermandad siciliana. Mi carta decía: «Señor Matías, el puñal cumplirá con la luna. Un secreto es un secreto y usted no pudo quedarse cayado. Que la Virgen, su adepta, lo acoja. Chicome Técpatl». No soy grafólogo, pero aquélla era la misma letra del mensaje cuando me topé con la cerradura atascada.

Sí, *callado* con «y», y pulsé la tecla de *stop*.

La carta dirigida a Gina y mi hijastro era menos severa. Decía: «Si él vive, ustedes también; luego quién sabe. *Haber* si su Virgencita los sabe cuidar».

Sufrí entonces un ataque de letargo. Me dejé caer al pie de la cama y permanecí ahí cerca de una hora igual que un desahuciado. ¿Qué hacer?, como incitó Vladimir Ilich. Tenía necesidad de un trago (yo), tequila o whisky, pero la vitrina me pareció como a veinte kilómetros. No podía sostenerme y por fin logré escurrir contra la pared. Lo que hallé fue una botella de brandy Don Pedro; qué remedio. Le di un trago a quemarropa.

Me estaba haciendo tonto. En abril de 1984 fue la publicación de *Buscando a Guadalupe (relato novelado sobre la desaparición misteriosa de la Santa Imagen del Tepeyac)*. El título fue decidido por los editores y así logró nueve reediciones que, en ese momento, me tenían al borde del Tártaro.

Mi Nissan incendiado semanas atrás, y antes la madrugada en que topé con la cerradura lacrada. ¿Qué decía la nota escurrida bajo la puerta? «¿No pudistes entrar? La próxima vez sí podrás pero al Infierno con los Tuyos.» ¿Dónde había guardado esa amenaza? Aguanté así un rato y por fin, minutos después, tuve la energía suficiente para levantarme y alcanzar la videocasetera. Pulsé el botón de «*rewind*» y busqué el que pudiera, igualmente, rebobinar mi existencia para retornar a ese infausto día en que la grúa de la policía metropolitana arrastró mi auto hasta los andurriales donde la Cabeza de Juárez. Adujeron que me había estacionado en lugar prohibido, aunque ninguna señal lo indicara.

Sí, que la película de mi vida *desandara* en permanente *flashback* hasta el momento en que pude evitar aquel encuentro con los miembros de la cofradía Chicome Técpatl.

Entonces, evitando mirar el maleficio en la cama a la que pertenecíamos Georgina y yo, me vino el recuerdo. ¿Y los agentes de policía apostados en el Ford negro frente al dúplex? Dejé todo y salí en su busca. Seguramente que ellos habrían visto a mis *visitantes*. ¿Los habrían detenido? Paulino Orozco me ofreció *seguridad* y ése era precisamente el momento de reclamarla. Salí de casa cuando la tarde ya pardeaba y comencé a buscar el auto de los custodios. El Ford, el Malibu… tendría que presentarme con ellos y dar fin al juego de ambigüedad que manteníamos. ¿Eran dos o tres los asaltantes? ¿Cómo habían penetrado a casa con aquella parafernalia? ¿Venían armados? Pero nada. El auto de los agentes ya no estaba.

Miedo, impotencia, desamparo. Los sentimientos que guardaba eran de absoluta confusión. Rabia, sed de venganza y de la otra. Es verdad; la sed es uno de los efectos inmediatos de la adrenalina apoderándose de nuestras arterias. Deambulando por la calle comencé a cavilar, ¿dónde se consigue una cabeza de macho cabrío como ésa?, ¿cómo se atrapa un gato?, ¿se decapita vivo o primero hay que sacrificarlo?, ¿por qué un puñal oxidado y no un cuchillo de cocina?, ¿cómo sabían los nombres de Gina y del pequeño Gabriel? ¿Y si le hacía una foto con mi Yashica… pero dónde había dejado el flash? Por encima de todo, sin embargo, perduraba la terrible sed.

En ese punto me encaminé hacia el estanquillo de la esquina donde regularmente compramos la leche Lala y los Rancheritos enchilados, que le fascinan al hijo de Gina. Saludé a don Beto, el encargado, y estuve a punto de inquirirle si no había visto algo raro por el rumbo, algún sospechoso. Me dirigí al depósito de refrescos, una de esas cajas de lámina con hielos flotando, y saqué una cerveza. Le pedí el destapador, a sabiendas que estaba prohibido consumirla dentro de la miscelánea. Don Beto me vio deglutirla con desmedida fruición, luego asomó sobre el mostrador para observar lo que había ya vislumbrado. El estigma de la cobardía impreso en la mancha bajo mi bragueta. No había nada que decir y no dijimos nada. Pagué en silencio y regresé a casa.

Cuál no sería mi sorpresa que al llegar al dúplex hallé la puerta a medio abrir, además que se percibía un halo mortecino al fondo. ¿Había cerrado al salir en mi carrera? Lo cierto era que ahí dentro me esperaba alguien. Habían regresado. Empujé la puerta con sigilo y avancé por la estancia.

Mi morada es modesta, tiene dos habitaciones en el segundo nivel y en la planta principal acondicioné un estudio, más bien estrecho, donde escribo. Un millar de libros se guardan en sus anaqueles atiborrados, y en ese momento me dirigí directamente al rotulado *Toda la verdad*. Saqué el revólver que me había confiado Orozco y me dirigí a la escalera. Percibí un rumor de voces. ¿No estarían planeando incendiar la casa? Uno a uno fui subiendo los peldaños, consolándome con la disparidad del encuentro: ellos manejaban dagas, yo un Colt calibre 38. Lo peor de todo es que más tarde no iba a saber cómo gobernar la vergüenza ante mis compañeros en la Conaliteg, una vez que las fotos en la sección policiaca me hicieran nuevamente famoso. Fue cuando reconocí aquel murmullo: era la voz de Jack Nicholson disculpando sus enredos amorosos… porque seguramente los rufianes habían echado a andar la videocasetera. Entonces una sombra salió a galope de la alcoba y me increpó: «Mataron un gatito, mataron un gatito».

Era el pequeño Gabriel arrastrando su Batman de vinil. El inocente saltaba emocionado luego de presenciar su primera pesadilla *de facto*. Fue cuando el niño, al ver que le apuntaba con el arma, preguntó con lógica rotunda: «Oye Santi… qué, ¿tú lo mataste?». Entonces Gina asomó de la recámara y me lanzó una mirada que nunca habré de olvidar.

En sus ojos había terror aunque también misericordia. Estaba pálida, no lograba articular palabra, le hizo un gesto a su hijo. Que fuera con ella y se acurrucara contra su regazo, el amor barre cualquier hechizo, es lo que asegura la tradición. Por fin pudo pronunciar la pregunta que le quemaba:

«¿Qué clase de broma es ésta, Matías Verduzco?»

En lo que hallaba la respuesta, ella exclamó entre gimoteos: «Esto es hechicería, maestro; ¿te das cuenta?». Qué contestar. Desde el aula (y en los momentos más intensos) me llamaba así, «maestro». Hechicería, sí, pero en mi turno había enmudecido.

Entonces Gina dio un paso, vacilante, para sujetarse en el barandal. Ahí, junto a la escalera, pronunció sin dirigirme la mirada:

—No vuelvo a compartir la cama contigo.

¿No lo dije antes? Ya no eran solamente las puertas del Infierno... ahora se me abrían de par en par. Gina envió al niño a su habitación, donde tiene su propio televisor, y lo chantajeó con un obsequio insólito: «Vete a ver lo que quieras». Le pedí diez minutos para explicarlo todo: lo de la cerradura, el mensaje de amenaza, el auto incendiado, pero entonces ella —tan perspicaz— se me anticipó de nuevo:

—Hueles a borracho, Matías. ¿Estuviste bebiendo?

—Una cerveza, en la tiendita de la esquina. Tenía mucha sed.

—O sea que en lo que me heredas esta invocación satánica, tú te vas a tomar unas cervezas *en la tiendita*.

Para su bien, Gina siempre ha sido una persona impulsiva. De no mantener esa actitud la vida se lo habría cobrado. Nunca se hubiera divorciado del padre de Gabriel ni me habría invitado a su cama. Tampoco me habría soportado todos esos años. Ahora estaba consternada (es decir, *aquella noche*), porque apenas ingresar en casa todo fue como retornar al caos primigenio.

—Matías X. Verduzco —volvió a nombrarme sentada en el último peldaño—, ¿me podrías explicar qué hace en nuestra cama esa ofrenda macabra?

No supe qué responder, no del todo, aunque *algo* había que decir.

—Lo que pasa es que no los quería preocupar —me defendí. Además que en parte era verdad.

—¡Ah!, *no nos querías preocupar* —repitió, porque el mecanismo de la ecolalia es uno de sus recursos favoritos. Es decir, era.

Ciertamente no fueron diez minutos, pero en esa conversación traté de exponer la concatenación de los atentados. La cerradura atascada meses atrás (por cierto ocurrido en los días de nuestra separación), el incendio de mi auto (del que nunca supimos si fue o no accidente), y en ese momento el gato crucificado en sal.

—O sea que después de todo eso, nos llega ahora este asalto que no es más que… y perdóname porque siempre he sido una persona escéptica: ¡satanismo puro!

Después de increparme recuperó el sosiego. Luego pareció reparar en la presencia del revólver.

—¿Y eso?

Fue la oportunidad para relatar la concatenación de fechorías que nos circundaban. Mi cita con Paulino Orozco, las advertencias del gordo cerrajero, los agentes de civil apostados fuera de casa… y que recién habían desertado.

—Ahora mismo voy a telefonear a Orozco para que regresen —le prometí—. Inmediatamente después me deshago de ese *mugrero* en la recámara.

Me encaminé al estudio en busca del aparato, y en el tránsito alcancé a escucharla: «Te lo advertí, Matías. Nunca nunca debiste publicar ese libro».

A esa hora ya no encontré a Paulino en su despacho. Iban a dar las siete de la tarde, que lo intentara al día siguiente, me sugirieron. Colgué y permanecí algunos minutos cavilando sobre el escritorio. Estiré el brazo y tomé un ejemplar del anaquel volado sobre mi escritorio, BUSCANDO A GUADALUPE. *Relato novelado de Matías X. Verduzco sobre la misteriosa desaparición de la Santa Imagen del Tepeyac.* Tengo un volumen de cada una de las nueve reediciones del original, junto al fichero donde guardo las notas y reseñas de esa «novela-reportaje», como en su momento la calificaron algunos. Artículos de Jean Meyer, de Francisco Martín Moreno, de Elena Poniatowska (que me menciona como «el brillante heredero de su padre, el controvertido Damián Ceniceros»), de Vicente Leñero (que no me perdona ni las comas), de Emmanuel Carballo, de Carlos Montemayor, de Antonio Saborit… Me puse a revisar aquello, para no pensar, y minutos después salí del estudio para encontrarme con el pequeño Gabriel que me esperaba al pie de la escalera.

A diferencia de su madre, el niño se mostraba más divertido que horrorizado. Será que la televisión se ha encargado de demostrar que lo macabro-sobrenatural es la realidad cotidiana de nuestros días. Películas de zombis, series vampirescas, caricaturas de monstruosos leviatanes que todo lo destruyen. Entonces el niño me informó:

«Mamá se quedó dormida en mi cama. Estaba llorando por lo del gatito cara de chivo; antes le sacó una foto», porque Gina es una fanática de las cámaras Polaroid. Hace retratos de todo lo que encuentra —de hecho la emplea para registrar las artesanías que llegan a la tienda del Fonart, donde labora— y tiene un álbum con fotos de sus compañeros de oficina, de Gabriel a las dos horas de nacido y de su último pastel de cumpleaños.

Intenté ser práctico. Me guardé el revólver al cinto y en un par de movimientos envolví todo —los cinco kilos de sal, la horrible bestia crucificada— dentro del pesado sobrecama rojo carmesí. Una suerte de costal anudado que me eché al hombro, no sin antes dejar sobre el colchón descubierto un juego limpio de sábanas.

Así me dirigí al auto que, afortunadamente, estaba estacionado a pocos metros del dúplex. Metí aquel cargamento en la cajuela y la cerré con un golpe violento que me liberó del ahogo. Lo que seguía era decidir el rumbo. ¿Un cementerio, un basurero, un parque público? Por Dios, imploré, «¿dónde se inhuma un holocausto como éste?».

A bordo del Nissan estuve errando largo rato. «¿Qué podrá venir luego de todo aquello?», cavilé bajo la luz de un semáforo. «Lo que sigue será el suplicio definitivo», porque estaba seguro que en la próxima embestida iba a correr sangre. Sangre mía con seguridad, pero el pobre Gabriel, ¿qué culpa cargaba? ¿Y Gina? Además culpa *de qué*. No lo dudé más y encaminé hacia Tlalpan.

Mi centinela del sur, donde inicia la sierra del Chichinautzin, era la meta. El volcán Ajusco asomaba aún sobre las primeras sombras de la tarde y fui reconociendo aquellos mis antiguos rumbos: El Colegio de México, el parque Reino Aventura y la sinuosa carretera que asciende hacia la montaña megalítica.

Luego de aquello debíamos mudar de casa. Al niño cambiarlo de escuela y tal vez tomarnos unas largas vacaciones en Bacalar donde la Sociedad General de Escritores mantiene una casa de retiro para los creadores que se «atoran» con su obra. Y en ese punto yo (es decir, nosotros), estábamos atorados con la vida. ¿Qué seguía luego de aquel horripilante maleficio? Quizá tuviera razón Gina: «Nunca debiste publicar ese libro, Matías. Yo te lo advertí». ¿Pero cómo? Lo de la secta Chicome Técpatl había sido una simple *propuesta narrativa*, fue lo que aseguré en las entrevistas del lanzamiento editorial. Nada más que eso… aunque la verdad era otra. Ciertamente que los miembros de aquella apostasía me habían proporcionado información esencial para el libro, ellos creyendo que no entendía su ritual pagano mientras yo acopiaba en secreto aquella fuente documental. Las subsecuentes reediciones del libro, que fue anunciado como «novela de exploración mística», me habían redituado regalías suficientes para liquidar la hipoteca del dúplex que ahora (es decir, *entonces*) seguramente sería incendiado con otro galón de gasolina.

Debía hablar con mis editores para…

¿O no se trataría de una celotipia incontrolable de Ismael, el temible hijo de Eva la pescadera? ¿No había esperado aquella tarde fuera del motel en la carretera de Cuernavaca a que saliéramos, su madre y yo, luego de aquel encuentro de…? ¿De qué? ¿No embistió su coche contra el mío, no jaloneó a su madre hasta sacarla del asiento, no dijo que iba a matarme esa misma noche? Qué, ¿dije antes que nunca hubo nada entre Eva y yo? Qué importa. Engañar ha sido la materia de este escribano (y la de mi inefable progenitor). Nada. El asunto que ahora nos tiene aquí es la mentira. Patrañas, embustes, la vida en falsedad.

El Ajusco es la undécima cumbre del país. Una vez al año despierta cubierto de nieve, por lo regular en la tercera semana de enero, luego permanece como una eminencia plomiza recordándonos el sustrato telúrico de nuestros días. Así iba yo esa noche, con el singular cargamento en la cajuela, ascendiendo por la carretera que llega hasta sus estribos y que se adentra en un bosque de coníferas.

El camino que rodea la montaña estaba prácticamente desierto, solamente dos camionetas cruzaron mi camino, de retorno a la ciudad, deslumbrándome con sus faros. Iban a dar las nueve de la noche y gruesos nubarrones se agolpaban alrededor de la cumbre. En ese punto decidí abandonar el asfalto y doblar hacia una brecha de madereros. El sendero se adentraba en una espesura y no tardé mucho en quedar fuera de vista. El soto era de pinos, trasplantados en cuadrícula como un disciplinado ejército. A esas horas, sin embargo, no tendría más testigos que las luciérnagas (que por cierto pululaban en los matorrales). Apagué el motor y dejé encendidos los faros del auto. Iban a ser necesarios.

En septiembre azotan los últimos aguaceros de la temporada y esa noche no sería la excepción. El paraje estaba desolado, soplaba un viento gélido y tropecé con una lata de Pepsicola abandonada ahí por los excursionistas. Luego di con una fogata donde carbones y pedruscos resumían el convivio de un remoto picnic. Me iba acercando al fuego, inconsumido, *desde dentro*. Retorné al auto y rebusqué en la cajuela; no hallé mejores herramientas que la palanca del gato... el otro gato, y una llave de cruz... la otra cruz.

Tundiendo la barra a modo de pico inicié mi labor de zapa. A los pocos minutos comencé a sudar y con el fresco de la montaña aquello se convirtió en un tormento. Comencé a excavar, lo que se dice excavar, a ciegas casi. Entonces imaginé el subsecuente horror, porque los horrores se heredan. Al observar aquel túmulo fresco —un día después— algún distraído pastor imaginaría un enterramiento, tal vez el foso de un tesoro y comenzaría a remover la tierra. Bajo el sol a plenitud exhumaría al Innombrable y recogería la maldición para recomenzar, a su vez, el espeluznante rito. Esparcir la cruz de sal, enterrar la daga… «¡Madre mía!», exclamé de pronto con el golpe de la memoria.

Existía otra cruz de sal. Otra daga oxidada… sí, ¿pero dónde? Meses atrás lo había hojeado en el periódico, aunque de momento no lograba ubicar el hecho. Por lo pronto, al percibir que la atmósfera se cargaba, apresuré mi labor. A los pocos minutos, sin embargo, me venció la fatiga y observé que el pozo no era suficientemente profundo. Se presentaba como una vil zanja. Abandoné aquello, regresé a la cajuela, extraje la ofrenda del mal y la cargué hasta el sitio. Los nubarrones empezaban a crujir sobre mi cabeza; un ruido como de tolva. Aguantando la repugnancia apreté el fardo contra mi pecho para arrojarlo hacia la fosa, sólo que cayó en el borde.

Al principio le encantaba deslizarse desnuda sobre aquel cubrecama de tono carmesí. Después decayó el capricho, decayó el amor, decayó lo demás que conduce, necesariamente, a la *decadencia*. Era de algodón deshilado y Gina lo había adquirido en una venta de saldos en Fonart. Ahora se había transformado en el sudario del Ángel Negro. Lo empujé con un pie dentro del hoyo, reprimiendo el impulso de soltar una patada, y mi zapato quedó embarrado.

¿Ismael, el hijo de la pescadera? La incertidumbre nace con las palabras. Además que Eva, la pobre, siempre ha sido perseguida por la trimetilamina (la feromona de los peces) y a pesar de todas las lociones y todos los jabones arrastraba consigo, como un cepo de condena, algunas moléculas de ese efluvio más bien acre. Nunca se lo dije; cómo… Las mujeres siempre están acosadas por ese perturbador sentido, ¿no se inventó el perfume pensando en ellas? Seguramente que esa cauda olfativa la acompañaba en sueños —ay, la atónita pescadera y sus hermosos ojos verdes—, sumergiéndose entre montones de pargos y mojarras y branquias escurriendo sanguaza.

Pensaba en Eva para no repasar los acontecimientos de aquella semana de vértigo. Éxodo, expulsión, extinto, extirpación, exorcismo, exilio, extremaunción. «Matías Verduzco, vivirás en la cripta del *innombrable* Cabeza de Chivo, Cola de Gato, Puñal Oxidado.» Paleando la tierra con aquellas herramientas sentí que la víctima se fundía con el magma del inframundo. No sepultaba a Lucifer, sino al contrario.

Estaba en eso cuando retumbó un relámpago. Y de inmediato se desató el aguacero. Lo peor fue que el chubasco derivó en granizada y me arrodillé para concluir a toda prisa el aquelarre. Apisoné la tierra, que comenzaba a enfangarse, y corrí hacia la cajuela donde arrojé las herramientas.

Empapado, bañado en lodo, supuse que todo aquello —los truenos y el granizo— formaba parte de mi purificación. Era como un segundo bautizo, el Jordán lavándome a raudales y la confirmación de que nunca pacté con *la mentira*. Limpié mi zapato contra un zacatón. Ahí terminaba todo: el sepulturero retorna al hogar y que las almas hallen justicia. Aterido como estaba me urgía un cigarro. Al hurgar en el bolsillo recordé que los había dejado en casa, de modo que así, calado por la lluvia, podría sobrellevar…

Fue una luz cegadora. El trueno retumbó muy cerca del auto y de milagro no me calcinó. El aire se había electrizado y en ese momento fue que lo descubrí. Estaba ahí, a veinte pasos, mirándome.

¿Se trataba de una alucinación? En todo caso yo permanecía cegado por el resplandor. Quizá no lo sepan… el pánico engendra otro mundo paralelo bajo la piel. Más que la silueta de alguien había sido una *presencia*. El fulgor del rayo lo había delatado y permanecía ahí, en mis retinas y guarecido bajo un árbol. Creo que llevaba sombrero, camisa blanca, me parece que sonreía. Empecé a jadear bajo la lluvia y me acometió un estornudo. Quedé sin habla.

Me lancé al asiento del conductor y en ese trance imaginé lo más lógico. Seguramente el relámpago había traído aquel ángel campesino que llegaba para anunciarme la reconciliación con el Trino celestial.

Pero algo había ocurrido con el auto. Las luces permanecían apagadas, tal vez como efecto del relámpago. ¿Era yo interfecto? Así jamás necesitaría conducir a ningún sitio. Apagué el interruptor de los faros, encendí el radio del tablero y ahí estaba «Patricia», en la sintonía de Radio-Mundo, con Dámaso Pérez Prado dirigiendo ese mambo inmortal: «Turu; turi ruri-ruri-ruri-ruri...». Definitivamente ésa no podía ser la Resurrección de los Muertos. ¿Y el ángel campesino bajo la granizada?

Intenté encender el motor y respondió con absoluta ecuanimidad. Volví a prender las luces y llevé la vista hacia el árbol donde aquella ánima refulgente; pero nada. Me asaltó un nuevo estornudo. Extraje el revólver del cinto y apunté hacia aquel espacio. ¿Es posible matar un ángel? Pero había desaparecido. O nunca estuvo. Disparé los seis tiros, elevé la ventanilla, metí la primera velocidad y busqué el sendero que asomaba tras el vaivén de los limpiaparabrisas. Así, castigado por la tempestad, retorné al camino. Todo se había consumado.

Dejaron una carta sobre la mesa. Y digo en plural porque al final del escrito, luego de un acalorado exordio, Gina había añadido una frase que parecía invalidar las hojas precedentes: «Gabriel me pide que te diga Adiós Compañero, de parte de su Batman. Ya sabes». Sí, ya sé.

Me abandonaban a mi suerte. La misiva estaba redactada con vehemencia, con premura, pero también con rencor. En ella Georgina desplegaba razonamientos incontrovertibles: mi falta de solidaridad, mi egoísmo, el desamparo moral al que habíamos llevado la relación. Pero argüía principalmente que no estaba dispuesta a exponer su seguridad personal —y la de su hijo— «a las temeridades de un grupo satánico capaz de cualquier monstruosidad», como ya lo habíamos presenciado. Y luego la amonestación definitiva: «Tú te lo buscaste por esas ansias de fama a partir de aquella apuesta sacrílega». Eso había escrito Gina Garza, directora de promoción comercial en el Fondo Nacional para las Artesanías, el Fonart.

Intenté ponerme en su lugar. No, imposible. ¿Qué mujer retorna al tálamo profanado por los designios de Satán? Ninguna. Lo que iba a necesitar era un cambio total. Renovar el ajuar, pintar los muros con colores apastelados, llevar a un clérigo que exorcizara nuestro techo. Pero ni con eso; «tú te lo buscaste». Quizá quemando el dúplex para que el fuego purificara las huellas del Innombrable. ¿Otro incendio?

Pasaba ya de la medianoche. El lapso había sido suficiente para que Gina vaciara apresuradamente los cajones, el closet, parte de la alacena. Se había llevado la chequera, un cuadro de Raúl Anguiano —el único realmente valioso—, el televisor Sony, los juguetes del pequeño Gabriel y mi colección de discos de jazz (incluyendo dos joyas personales: *Brilliant Corners*, de Thelonious Monk, y *Time Out*, de Dave Brubeck). Después de todo, ¿no se escucha a Chet Baker en la antesala del infierno? Todo lo que cupo en su auto (no sé cómo) mientras yo me encargaba de inhumar a *Cabeza de Chivo*.

Estornudaba continuamente y comprendí que era demasiado tarde para eludir el resfriado. Preparé la tina y llevé una botella de vino a la bañera. Debía reflexionar, sosegarme, purgar el abandono en aquel agua vaporosa. Pero ¿cómo recobrar la serenidad con aquellos sucesos tan cercanos? La nota de Gina remataba con una despedida lógica. «Me fui con mamá. No me busques.»

Apenas ingresar en aquel agua caldeada me percaté del error. Llevaba en el puño un par de aspirinas pero había olvidado poner algo de música. Tal vez *The Trumpet Summit*, de Oscar Peterson. Cualquier disco que no fuera Ray Conniff, Claude Bolling o Barry White. Degluttí la botella, un Casillero del Diablo (lo que son las cosas) en los minutos que tardó el agua en templarse. Más tarde, con la bata y el primer escalofrío, tuve ánimo para preparar un sándwich luego de atrancar la puerta. Me dispuse a dormir en el sofá de la sala a sabiendas de que no iba a ser una noche de seda. No me obliguen a referir las pernoctas sin sosiego, a salto de mata, en el aciago verano de 1968. Rincones que los camaradas facilitaban a punto de la medianoche en los aciagos días en que el Régimen perdió la cabeza y su lugar en la historia.

La ley suprema del insomnio afirma que no hay peor lucha que la de exigir el favor de Morfeo. En tales circunstancias condescender con la Naturaleza es lo único sensato, cerrar los ojos, *soltarse*. Así, luego del abandono de Gina y de la inhumación del engendro, esa noche me entregué a la relajación total. Que la misma lasitud fuera mi recompensa mientras el pensamiento derivaba hacia un muro blanco, ligero, infinito. Como la pantalla de los autocinemas en mi infancia.

Aprensión y desasosiego, tal era mi almohada. Navegaba a través de la noche aguardando a que la fatiga terminara por convertirse en mi aliada. Percibí la proximidad del sueño, que era todo un lujo, cuando desperté con mi grito. En un arrebato de la memoria el Protervo había retornado. Ahí estaba, en la soledad del dúplex, la cruz de sal. Es decir, *la otra cruz*.

¿Sucedió uno o dos años atrás? El recuerdo ganaba nitidez, asomaba en la foto de un periódico que de momento no logré ubicar. Con manos temblorosas procedí a encender un cigarrillo, además que tenía la cara humedecida por el sudor. «Apágalo, Matías; te va a dar cáncer.» Extrañé los reproches del pequeño Gabriel.

Había ocurrido en el Museo de Arte Moderno, una noche de enero, el año anterior. La prensa había cubierto la fechoría con epítetos de nigromancia. Luego de inutilizar el sistema de alarma y sin ánimo de robo, un puñado de facinerosos se había introducido por el sótano para ultrajar un cuadro exhibido en el Salón de Arte Alternativo. La pintura pertenecía a un joven de ánimo transgresor, de nombre Rolando de la Rosa, y representaba a la Virgen de Guadalupe con los atributos de Marilyn Monroe.

El retablo fue destruido a navajazos y los rufianes dejaron sembrada, al pie del lienzo, una cruz de sal donde reposaba un puñal oxidado. Es lo que mostraba el detalle de la fotografía. Con aquel recuerdo vibrante, ya no logré conciliar el sueño.

Horas después, cuando ya se anunciaba el alba, me preparé un desayuno como de condenado a muerte. Huevos revueltos, el jugo de tres naranjas, café cargado y una concha blanca. Por lo demás la tos me tenía como saco de alcachofas. «Al que madruga, Dios lo ayuda… y al que desayuna, más», era frase de Damián Ceniceros, mi padre (que Satán guarde en su maldita tiniebla).

Retiré la silla apalancada contra la puerta y me dirigí al baño. Me refresqué la cara y traté de ordenar mis ideas. Estaba constipado y al buscar el jarabe para la tos descubrí que el botiquín también había sido desalojado. «Me fui con mamá, no me busques», advertía Gina en su carta luego de haber *desplumado* la mitad de los anaqueles. Se me ocurrió entonces que una segunda lectura, más sosegada, podría aportar nuevas claves a ese frenesí despavorido.

Al recuperar la carta una foto escurrió del sobre. No la había notado en la noche anterior. Era la instantánea Polaroid mostrando la oblación satánica dispuesta sobre nuestra cama. La luz del nuevo día me permitió observar ciertos detalles que antes no me detuve a revisar. Por ejemplo, que el gato era listado, que el puñal tenía una joya en la empuñadura, que la piel del chivo era de tonalidad bermeja. Ahora *eso* no existía, y respiré aliviado.

Han transcurrido treinta y siete semanas de todo aquello (anoche hice la cuenta) y ahora, en el mejor sentido de la palabra, soy un forajido. A eso se reduce todo. Recostado en mi habitación del hotel Méjico pulso el control remoto para apagar el sonido del televisor. Están pasando un reportaje donde reseñan el extraño descenso de la población de abejas en Galicia. Obviamente tratan de imputar el fenómeno al estallido de Chernóbil tres semanas atrás.

A partir de esa catástrofe todas las anomalías planetarias —el abandono de las colmenas, la sequía en la cuenca mediterránea, la ausencia de calostro en las parturientas— serán atribuidas al desastre de la planta «Vladimir I. Lenin» que asoló el corazón de Ucrania.

La tarde ha refrescado y el camastro de Van Gogh sigue a la intemperie en el anuncio panorámico. Pareciera que el atormentado artista hubiese abandonado el lecho para acudir a la panadería del barrio. «Visitad esta magnífica exposición.» Proscritas que fueron, en su momento, la cama del desconsolado Vincent y la mía de entonces (que mis verdugos pretendieron convertir en lecho de muerte). La foto Polaroid —¿habrá quedado en manos de la Federal de Seguridad?— plasmaba el tálamo al que Gina y yo nunca más retornaríamos. Esa cama donde nos acompañamos en la tiniebla insondable que es el sueño.

Aquí, aturdido, observo *La habitación*. Es azul, tiene dos sillas y una mesa con su jofaina, además de la estrecha cama y su colcha roja donde el buen Vincent cavilaba en torno a su amistad con ese loco sifilítico que fue Gauguin. Arles, 1888, la oreja en el piso. Imposible fue la comuna de creación comunitaria, pues el arte siempre es individual, privativo, personalísimo. Me repito que mañana mismo, a primera hora, habré de visitar el Museo de la Caixa Galicia para mirar los 79 cuadros que integran la exposición.

Estoy en calzones y camiseta. Me han engrosado las piernas y a ratos me vienen extraños calambres, como punzadas eléctricas, igual que a los futbolistas obligados a jugar un tiempo extra. Sostengo los pies sobre la cabecera (a fin de que la gravedad descongestione las venas) y es cuando imagino que de un momento a otro podré caminar por la pared, andar por el techo, salir por la ventana igual que los escorpiones. Evadirse conmigo, ¿cuál es la diferencia? Al llegar al Bar de Monxo probaremos nuevamente esos montaditos de bacalao y una ración de guindillas bajo el letrero que advierte: *«Uns piquen, eutres no»*. Beberemos «chatos» de vino verde (cada uno a cuarenta pesetas) hasta que ya no pueda sostenerme en pie. Como ayer, como antes de ayer. Olvidar, es la consigna. El mandato que este forajido cumple con tal de salvar la vida. Redimirme yo y que el mundo reviente, como descubrí a la hora de retornar con Paulino Orozco.

Aquella mañana, luego de cruzar media ciudad, me presenté en su oficina de la Policía Federal. No tenía cita y nomás verme soltó la carcajada. Mis ojeras implicaban una delación, y Paulino quiso adivinar si había pasado la noche en algún cabaret de mala muerte (o de *buena vida*). Entonces le mostré, sin mayor trámite, la famosa instantánea. «Oye, Matías», comentó luego de revisarla, «no me digas que te has convertido en predicador de una secta satánica.»

«No es un juego», le advertí enronquecido, «además que ya no están los agentes que vigilaban fuera de casa. Alguien entró anoche para *sembrarme* eso en la recámara.» Orozco revisó de nueva cuenta la Polaroid: «Ah, cabrón; ¿en tu casa?».

Le referí entonces el abandono de Gina, la fascinación del pequeño Gabriel, mi ausencia esa mañana en la Comisión de Libros de Texto. Había llamado a la oficina para excusarme. Aquel martes, por cierto, se decidiría la redacción definitiva del libro de Ciencias Sociales para el sexto año de primaria.

Luego, mientras reconocía en su rostro los excesos de una vida perdularia, mi amigo volvió con las preguntas. ¿Líos de faldas? ¿Deudas impagables? ¿Enemigos políticos? Insistí en el resumen de mi visita anterior: el incendio *accidental* del Tsuru y el *incidente* del cianoacrilato en la cerradura de mi puerta. Ya no lo recordaba. Entonces reconoció el ejemplar de «Toda la verdad» que yo cargaba y alzó la tapa. Ahí permanecía el Colt .38, que empuñó para descubrir que los cartuchos estaban percutidos. Me dirigió un guiño solícito, ¿qué había ocurrido? Le relaté el entierro nocturno al pie del Ajusco, ¿no percibía mi resfriado? «¿Y eso qué?» Le dije la verdad: hay ángeles repentinos y aquél, de seguro, había descendido por mí. «¿Y eso qué?», se burló. Mi presencia ahí era una evidencia criminal, quise suponer.

Ante mi mutismo abrió sin más el cajón del escritorio. Cogió un puñado de balas y una por una las fue sustituyendo en el barrilete del arma. Permanecía pensativo, hasta que resolvió:

—Déjame la foto, para averiguar —y luego de un lapso, añadió—: Era un musmón.

—¿Un qué?

—Un carnero *toggenburg*, que se importaron en los años sesenta.

Y como tenía cara de no entender, el gordo insistió:

—Estoy hablando del chivo. En Mixquiahuala hay muchos hatos desparramados. Ejemplares como ése —manoteó la Polaroid sobre su escritorio—. De seguro un *toggenburg*. Esas cabras se aclimataron perfectamente cuando las trajeron de Alemania. Su coloración rojiza es inconfundible, y con ellas hacen una barbacoa de rechupete…

Mi ceño fruncido lo obligó a aclarar:

—Yo soy de Actopan, ¿recuerdas?

—No, la verdad.

Orozco solicitó nuevamente mis datos, asegurando que muy pronto se comunicaría conmigo. Le dejé la foto, mi tarjeta de presentación y todas las dudas.

Al salir escuché que murmuraba con socarronería: «Vas a ver cómo regresa el viernes…», y luego, insistiendo con un gesto obsceno: «Calor de hogar. Gina, tu mujer».

Sí, claro.

Llegué a la Comisión de Libros de Texto cuando la discusión se hallaba en su punto candente. «También podemos parar la rueda del tiempo en el magnicidio de Francisco Madero, o en el siglo ix, cuando Teotihuacan fue abandonada. Ustedes dispongan el criterio y nosotros ajustaremos el engrane de la Historia.» Eran las palabras de Isidro Metaca, el otro historiador de mi oficina. Enfrentaba él solo a los enviados del secretario de Educación Pública.

Habían llegado para supervisar el contenido del libro de Sexto Año, fundamental para la formación de los muchachos que abandonan la educación primaria. «No sé cuáles sean sus temores», se defendía Metaca al percutir un lápiz contra la mesa. «Estamos hablando de hechos que ocurrieron hace veinte años y que la sociedad ya tiene muy superados.»

«Dos menos, maestro. Dieciocho años», adujo otro de los visitantes. «Y esta misma discusión, que nos ha llevado más de una hora, demuestra que la sociedad, al contrario de lo que usted dice, no lo tiene tan asimilado.»

Se estaba discutiendo la incorporación, o no, de un párrafo que explicara lo ocurrido el 2 de octubre de 1968 en la plaza de Tlatelolco, cuando el movimiento estudiantil de aquel año fue reprimido por la fuerza pública. Una primera versión decía eso: «Un contingente combinado de policías y soldados desalojaron la Plaza de las Tres Culturas, ocasionando decenas de heridos y muertos, con lo que la movilización de los estudiantes cesó a los pocos días». Otra propuesta más suave mencionaba: «El 2 de octubre de aquel año, en que fueron celebradas las XIX Olimpiadas en la Ciudad de México, hubo una gran manifestación en la plaza central de Tlatelolco, que fue sofocada por la fuerza pública». La versión de los enviados del ministro de Educación era de tono indulgente: «En el otoño de 1968 fueron celebrados en la capital mexicana los XIX Juegos Olímpicos de la era moderna, con lo que el país ganó un puesto preponderante en el concierto internacional, no obstante los problemas sociales que acontecieron por esos días. El país se engalanó al obtener nueve medallas en la contienda deportiva, tres de ellas de oro».

O sea que mientras la tirantez ideológica chisporroteaba en la oficina a mi cargo, yo buscaba amparo para desalojar al Innombrable de mi alcoba. Luego de presentarme ante los comisarios pedí la palabra. Pregunté si había prisa por resolver el diferendo ahí mismo. Que nos permitieran idear una redacción nueva que lograse conciliar los puntos de vista expuestos.

—Está bien —aceptó uno de los funcionarios—. Pero que no se mencione la palabra *muertos*, y que se diga que ganamos nueve medallas. Eso alimenta el optimismo de los muchachos.

En ese momento asomó la secretaria con gesto de apremio. Sugería en el aire un auricular telefónico. «Gina», me dije, y abandoné la sala. Con el pañuelo en la nariz, pues los efectos del resfriado iban y venían, avancé hasta el aparato sobre el escritorio. Pero no. Era nuevamente Paulino, llamando desde su oficina en la Policía Federal. Había logrado agenciarme una entrevista con el licenciado Ezequiel Tavares.

—¿Ezequiel quién?

—No imaginas los alcances que implica tu situación —me advirtió—. El licenciado Tavares es el subsecretario «C» de Gobernación. Te espera esta misma tarde, a las seis en punto. No puedes faltar.

O sea que mi caso no era tal. No un incidente delictivo o una circunstancia criminal. Lo mío integraba *una situación*.

Llegué puntual a mi cita en el Palacio de Cobián. El despacho era suntuoso: cuatro sillones tapizados de piel, un tapete persa al centro, ceniceros altos de bronce y cristal. Una cortina ocluía parcialmente la ventana que daba al jardín, donde se erguía una majestuosa datilera. Había dos únicos grabados: una reproducción de Daniel T. Egerton mostrando la dársena de Veracruz en 1832, y otro que presentaba la figura de Benito Juárez en sus exequias, rodeado por sus leales Guillermo Prieto y Vicente Riva Palacio. «¿Cadáver?, ¡el de Juárez!», se mofaba el maestro Edmundo O'Gorman en el seminario que dirigió sobre los escarceos de la primera república.

Ezequiel Tavares era un avispado cincuentón; el bigotillo recortado y una corbata gris perla. No se fue por las ramas. Alrededor de la mesa nos acomodamos los tres: él mismo, luego un tipo enjuto —que presentó como el licenciado Torres Lucero, de Asuntos Devotos—, y yo con mi resfriado. Al centro del enorme cristal que protegía la mesa reposaba un fólder. Luego de los saludos y las cortesías, el licenciado Tavares preguntó como de pasada:

—¿Van a meter lo de la medalla del Tibio Muñoz en vez de la masacre?—, y como le respondí con un visaje de pasmo, me devolvió un embrollo—: ¿Sabe cuántos indios murieron en la Matanza de Cholula, cuántos soldados en los combates de la Decena Trágica? Pongan lo que pongan en el libro, dentro de un siglo lo de Tlatelolco será igual. Una simple efeméride. ¿Recuerda cuándo fue el hundimiento del *Potrero de Llano*?

—A principios de 1942 —respondí.

El licenciado Tavares me dirigió su índice admonitorio.

—En efecto, el 13 de mayo de ese año, frente a las costas de la Florida —y añadió con gesto satisfecho—: Una fecha, otra efeméride, catorce marineros muertos. Marineros mexicanos… entre ellos mi tío Florencio Tavares.

En ese punto señaló el fólder, sugiriendo que lo abriera. Obedecí y me topé con la instantánea Polaroid, además de un escueto legajo.

—¿Quiere leerlo ahora? Lo prepararon en el departamento de los Lupitos… perdón —dominó la sonrisa—. En la oficina del licenciado Juan Torres Lucero —y dirigiéndose a él—: ¿No les llevó mucho tiempo?

—No, licenciado —respondió éste con una mueca benévola—. Es lo de siempre, más el añadido del último año.

El documento se titulaba: «Reporte de la Cofradía Nacionalista del Tepeyac / orden y desconcierto / RRS348-51». Al revisar las primeras líneas sentí que la nuca se me espeluznaba. ¿Cofradía Nacionalista del Tepeyac?

El reporte estaba redactado con laconismo. «La referida cofradía, fundada en 1804 por Cristóbal Ruigracia, mantiene su militancia activa según las siguientes estimaciones, siempre provisionales. Jalisco (3 mil activos), Guanajuato (mil 500), Puebla (2 mil), Distrito Federal (4 mil), San Luis Potosí (800), Michoacán (500); resto del país (unos 3 mil). Sus acciones vindicatorias siguen siendo anónimas, aunque ligadas siempre a Acción Católica. Es presumible suponer que en los últimos cinco años más de veinte *anulaciones* (asociadas siempre a supuestos hechos de brujería) sean de su responsabilidad. El caso más comentado y reciente fue el del maestro Teodoro Enríquez, cuyo cadáver fue hallado en los canales de Xochimilco, aparentemente ahogado...»

—¿Cuándo mataron a don Teodoro? —debí preguntar, con el nudo en la garganta. Alguna tarde habíamos cruzado copas en un coctel de la galería Shapiro.

—No *lo mataron*, amigo Verduzco. Ahí no dice eso —el funcionario lanzó una mirada seca a Torres Lucero, quien le devolvió un gesto de negación—. Ahí se apunta su *anulación*, que no es lo mismo. Fue meses después de su renuncia al Museo de Arte Moderno... su renuncia inducida, ¿recuerda?

—Unas opiniones ruidosas que hizo respecto a la obra de Rolando de la Rosa, cuando fue obligado a desmontar sus cuadros del museo. La Virgen con rostro de Marilyn; me parece —terminé concediendo.

—En efecto, antes de su renuncia el maestro Enríquez declaró a la prensa que a cada siglo le correspondía un ícono emblemático. Que el del siglo XVI era la Virgen de Guadalupe, y los del siglo XX eran el Che Guevara y Marilyn Monroe. Que «en el plano estético» todos valían lo mismo. Por eso defendió la pintura de ese muchacho... que destruyeron a machetazos. El maestro Enríquez, tan distinguido, renunció y lo indemnizaron. No se volvió a saber de él hasta que fue hallado flotando en los canales de Xochimilco.

—¿Así lo encontraron?

—El 13 de diciembre, occiso desde la víspera, o sea, crimen con dedicatoria. Esos cofrades guadalupanos son unos cabrones... Además los familiares se creyeron lo del reporte forense: curtido en tequila, ahogado bajo la luna en una travesía de maricas. Se les compensó con dinero y no pasó a mayores... Creo.

—¿Y yo? —creí prudente indagar.

Ezequiel Tavares suspiró, se acomodó en el sillón de cuero. Adelantó las manos sobre la mesa y comenzó a sobarlas. Pulsó el botón del conmutador.

—¿Rosita? Aquí los señores van a tomar... ¿café?

Dije que sí, gracias. Torres Lucero pidió agua mineral con hielo. «A mí tráigame un jaibol, ligerito, y unos cacahuates», solicitó el subsecretario. Soltó el botón y volvió a desplegar el fólder. Asió la foto Polaroid:

—¿La hizo usted?

—No, mi mujer.

El funcionario concentró la mirada en la instantánea de horror.

—Tengo entendido que después de… *eso*, su mujer lo abandonó —murmuró como de paso—. Que ha regresado con su anterior marido.

—No, de ningún modo —la defendí—. Se fue con su madre. A casa de su madre.

—Ajá.

El piadoso Torres Lucero revisó la foto bajo sus bifocales, segundos después lanzó un bufido:

—Han de ser los de Santa María, o los de Lindavista… Será cosa de esperar.

—¿Esperar qué? —hasta el goteo de la nariz había olvidado.

—A que procedan. Digo, después de eso, su situación está a punto de ser *resuelta*.

—¿Resuelta?

El subsecretario intervino para explicar:

—Lo que sigue es la *anulación*, licenciado Verduzco. La *anulación* siempre confusa, siempre desconcertante. Aparecerá su cadáver *de usted* en el traspatio de un burdel, en un estacionamiento abandonado, en los basureros de Santa Cruz Meyehualco, y seguramente con una botella en la mano para confundir. Así operan ellos, con total orden y aparente desconcierto, de modo que no podamos culparlos.

—Ni mencionarlos, licenciado —arguyó Torres Lucero—. Ni mencionarlos.

—Sí, claro —y se distrajo porque ya llegaba la secretaria con la bandeja. Metí tres cucharadas de azúcar en mi taza; las necesitaba.

Ezequiel Tavares probó su jaibol sin quitarme la vista de encima.

—A mí me gustó más su primera novela, *Invicto soy con mi escapulario* —comentó al descansar el vaso en la mesa—. El capítulo donde narra la batalla de Tepatitlán es asombroso; de antología. En cambio *Buscando a Guadalupe* me pareció un poco forzada, y hasta, digamos... artificial. Digo, cada autor tiene su estilo, se esconde tras el narrador que logra inventar, indaga en las fuentes que halla a la mano. Por cierto, ¿fue real lo de la secta Chicome Técpatl?

Dije que sí, aunque eso pertenecía a la parcela inconfesable de todo novelista urdiendo una historia.

—Si hubiera quedado en eso, no habría habido problema. Ningún libro es demasiado escandaloso como para...

—Abajo lo leímos con gusto —interrumpió Torres Lucero—. Y sí, es muy interesante la cuestión esa del *original y la réplica, la veneración genuina y la idolatría engañada* que plantea... —pero la mueca del subsecretario lo hizo callar.

—¿Abajo? —debí indagar con cortesía.

—En el subsuelo está la oficina de los Lupitos. La subdirección esa, de Asuntos Devotos, que ahora quieren denominar como de Intolerancia Religiosa y Apostasía.

—¿Apostasía?

—Es muy difícil etiquetar la realidad, amigo Matías. Usted como escritor de esos temas debería saberlo —Tavares miraba el vaso del jaibol con añoranza.

—Somos dieciséis personas investigando todos los días —aclaró Torres Lucero—. Tenemos dos agentes permanentes en la Basílica del Tepeyac.

—Si hubiera quedado en eso, la sola publicación —Tavares retomó la palabra—, no habría surgido el problema. Pero *su situación* se desató a partir de las declaraciones que hizo en la televisión, ¿ya recuerda?

—¿La televisión?

Aquello resultaba cada vez más confuso. El licenciado Tavares lanzó una mirada a su subordinado, quien hurgando en el bolsillo dio con una serie de tarjetas mecanografiadas. Comenzó a darles lectura:

—«Noticiario del señor Joaquín López-Dóriga, jueves 22 de julio, de las 10:40 a las 10:50 el entrevistado, M. Verduzco, afirma: "La devoción guadalupana es del todo respetable, pero podría estar equivocada". El licenciado Joaquín López pregunta: "¿Cómo equivocada?". El entrevistado Verduzco responde: "Si la imagen que se venera es la original, no hay problema, pero si la imagen correspondiera a una réplica podríamos estar hablando de impostura, una recapitulación de los iconódulos, por no llamarla idolatría…". Entonces el entrevistador sonríe, le pide que explique esos conceptos. "La devoción a las imágenes sagradas nos viene de las cavernas", se extiende el entrevistado: "Hace no más de veinte mil años, cuando comenzamos a reproducir figuras de arte rupestre, plasmamos nuestros miedos y nuestros anhelos, iniciando así la iconografía de la Divinidad. Para el islam y ciertas congregaciones protestantes la representación de Dios es imposible e impensable. Son iconoclastas por definición; lo opuesto es paganismo, adoración de ídolos. Así fue como inició la querella iconoclasta que todavía no termina. Fue en Bizancio donde León III suprimió el culto a las imágenes. Era un iconoclasta iracundo. Le reprochaba a los feligreses que hubieran caído en la adoración de trozos de madera y telas pintadas, decía él, *que carecían de aliento y del don de la palabra*. Lo mismo prevalecía para las imágenes de Cristo, de la Virgen María, de los apóstoles y todas las escenas bíblicas. Todas eran *ídolos abominables*. La primera imagen destruida fue el *Cristo Antiphonetes* en la fachada del palacio imperial. Los encargados de quitarla fueron atacados por el populacho, que los pisoteó hasta morir. León III reaccionó con inaudita crueldad. Ordenó que aprehendieran a los patriarcas iconófilos y les arrancasen los ojos… El sucesor de León III fue Constantino V, el Coprónimo… le dieron ese nombre porque se cagó materialmente en la pila donde lo bautizaban". (El entrevistado ríe solo.)

"Este Constantino arremetió luego con el mismo furor. Sobre eso hay mucha literatura. En el año 754 fue celebrado el Sínodo de Hiera, y en él se refrendó el espíritu iconoclasta decretándose que toda imagen de las iglesias debía ser arrancada *como cosa abominable*, y nadie debía atreverse a fabricar un ícono o adorarlo en la propia casa so pena de la excomunión. *Mirar es pecar*, eso afirmaba la bula iconoclasta. Y así, mientras discutían eso en Bizancio, los ejércitos mahometanos conquistaban Egipto y Palestina. No fue sino hasta el Concilio de Nicea que quedó solucionada la famosa querella una vez que fue legitimada *la representación de lo invisible*, es decir, vencieron finalmente los iconódulos sobre los iconoclastas. Luego vendría el cisma de las iglesias Occidental y Oriental, mientras el islam tocaba las puertas mismas de Praga y Viena".»

—Ni usted lo entendió —comentó Tavares al recuperar su jaibol.

—¿Todo eso dije? —pregunté a Torres Lucero, que ya se guardaba las tarjetas.

—Tenemos grabado el programa; es versión estenográfica. Luego vinieron sus declaraciones del rito guadalupano. Lo que dijo de la nueva querella iconoclasta que plantea su novela. Lo del pintor Cabrera que, la verdad, suena muy interesante. Ya le digo. Leímos su libro.

—¿Y entonces?… Ayer me pusieron una cruz de sal en la cama, un demonio con cuerpo de gato, una daga con un rubí. Mi mujer me dejó y aquí estoy con ustedes recordando mis lecciones de historia medieval.

Torres Lucero no había tocado el agua mineral que reposaba sobre la mesa. Obedeció al guiño del subsecretario y extrajo del otro bolsillo un manojo de tarjetas, éstas manuscritas. Comenzó a leer con voz sofocada:

—«Al concluir la entrevista, y a instancias del conductor de televisión, el escritor Verduzco sustenta que la devoción guadalupana no es mexicana más que por adopción. El santuario original de la Virgen de Guadalupe está en Extremadura, dice, al pie de la Sierra de las Villuercas. Aquella, la imagen española, carga un niño y la nuestra no. Y asegura: "Hay evidencias de que el pintor indio Marcos Cipac fue el autor de la Virgen del Tepeyac auténtica, y que no hubo la traslación milagrosa a la tilma de Juan Diego. En la novela sostengo lo que todo mundo sabe: que hubo otras imágenes... idénticas, pintadas por Miguel Cabrera. Eso ocurrió hacia 1750, exactamente dos siglos después de la supuesta aparición milagrosa. Cabrera poseía un talento supremo, equiparable al de Raffaello. Fue el más importante artista novohispano, y es autor del famoso retrato de sor Juana Inés de la Cruz que todos conocemos. Lo que aseguro en mi libro es que en 1957 la secta Chicome Técpatl robó el cuadro original de la Virgen de Guadalupe, y el que está expuesto es una copia". "Pero ¿una copia?", saltó el entrevistador. "¿Se da usted cuenta de lo que está diciendo?" "Sí, claro", respondió Matías Verduzco. "Yo sé dónde está escondida la imagen bendita, es decir, la imagen robada, porque la que veneramos hoy en la Basílica es la que pintó Cabrera para el papa Clemente XIII, en 1753. Fue traída en secreto desde el Vaticano para reponer la imagen robada. Y si lo que afirmo es cierto, millones de feligreses cada 12 de diciembre estarían rezándole a un 'ídolo abominable'. O sea que el fervor guadalupano es simplemente paganismo. Así que estamos presenciando la nueva querella de los iconoclastas contra los iconódulos."»

Torres Lucero se acomodó en la silla. Pasó a otra tarjeta:

—«"¿La qué?", preguntó el entrevistador. "¿Y entonces dónde está la imagen que recogió Juan Diego en su tilma? ¿Y el milagro del Tepeyac?", a lo que el escritor Verduzco respondió: "Secreto de los secretos. Nunca lo diré. Además que la novela es mentira. El arte vive del engaño. ¿Qué son nuestros días sino mentiras sobre mentiras? ¡Escuche usted a Reagan! ¡Escuche usted a Brezhnev! ¡Escuche usted a Fidel Velázquez! Por Dios, Joaquín, dejemos a Juan Diego meciéndose en la felicidad del limbo".»

—¿Eso dije? —dije.

—Todo eso, y ahora los prosélitos de la Cofradía Nacionalista del Tepeyac, por lo que estamos presenciando… no se lo perdonaron. Ellos se asumen como los salvaguardas secretos de la santísima Virgen de Guadalupe.

Probé mi taza por primera vez; ya se había entibiado. El subalterno se guardaba el mazo de tarjetas.

—Inician su asedio espaciadamente —comenzó a referir el subsecretario Tavares—. Para despistar atacan primero los bienes patrimoniales. Rompen ventanas, hacen estallar los tanques de gas, queman los coches en aparentes accidentes. Después van dándole un tinte satánico. ¿A usted qué amenazas le dejaron antes de quemarle su carro?

—Una que señalaba que me iría al demonio. «¿No *pudistes* entrar? La próxima vez sí podrás pero al Infierno con los Tuyos»; me parece recordar.

Tavares y Torres Lucero se miraron con cierta complicidad. Luego el primero se apoyó en las rodillas para anunciar:

—Licenciado Matías Verduzco, creemos que tiene los días contados —tocó el borde de su jaibol, paseó el meñique por el círculo del cristal.

—¿Los días contados?

—Podríamos proporcionarle alguna vigilancia —ignoró mi zozobra—. Protección como la que le prestó el comandante Orozco, con elementos de la Policía Militar, pero eso no puede durar mucho. Además que con qué pretexto. Usted lo debe suponer: la Cofradía del Tepeyac no existe. Revise usted la prensa. No existe, nunca ha existido aunque se han pasado la vida como ardientes cruzados defendiendo la presencia de su inmaculada soberana. Son los enemigos naturales de la secta esa que usted menciona, la Chicome Técpatl. Compréndanos; no podemos hacer mucho por usted, salvo…

—¿Salvo qué?

—¿Habla usted francés?

—¿Por qué la pregunta?

—¿Habla o no habla?

—Sí, un poco. Alianza Francesa; dos años.

—Mire, amigo Matías. Hoy es martes, ¿verdad? Este boleto es suyo, directo a París, en el vuelo de las veintiún horas del sábado próximo. Air France —y mostró el billete que guardaba en un portafolios—. Le podremos asignar dos escoltas, que de hecho lo están siguiendo desde que abandonó esta tarde la oficina. Arregle sus cosas, pida permisos, licencias.

—Pero, yo…

—No permita que le den «crank», amigo. Ponga tierra de por medio, es decir, océano. Piérdase un tiempo. Además tenga usted esta asignación —me entregó un sobre—. Son siete mil dólares, para que se coloque y abra una cuenta.

El bulto pesaba.

—Cada mes le depositaremos dos mil, en vías de que por acá se vayan serenando las cosas. Dos añitos, ¿qué le parece?

—Pero… Estoy por iniciar un seminario en El Colegio de México.

—¿Usted o su cadáver? —fue regaño—. No sea estúpido. ¿Conoce París?

—No.

Entonces el subsecretario «C» apuró el resto del whisky, recogió un puñado de cacahuates y abandonando la mesa, se volvió para enunciar:

—Sí, ya sabemos lo que está pensando. «¿Cómo este gobierno de mierda se ocupa de mi muy personal supervivencia?» Y tiene usted razón… pero deje que le adelante algo. Aunque no lo crea, sus libros son importantes. No podemos permitir que un evento de apariencia tan confusa termine en funeral. Que una secta de *mochos* fanatizados…

—Ejem… —carraspeó Torres Lucero.

—Eso. No podemos permitir que la intolerancia gane una batalla más a la inteligencia en este país. ¿Me está entendiendo?

—La verdad, estoy muy sorprendido.

—Además que su padre es Damián Ceniceros, ¿verdad? Aunque usted abjure todo el tiempo de él.

—¿Mi padre?

—No podemos hacer más por usted. ¿Quiere salvar la vida?

Dije que sí y terminé por instalarme en el número 11 de la rue Elzévir, 4ème étage, distrito postal 75003, inaugurado con dos botellas de Beaujolais.

El legado de Nicos

En París confirmé mi tragedia. Los primeros días me hospedé en un pequeño estudio de la Casa Argentina de la Cité
Universitaire (era periodo de vacaciones) y así, un día de eufo-
ria decidí telefonear de larga distancia a Gina. Ya le había llamado anteriormente a casa de su madre... quien me la negó.

Ahora, con la diferencia de horarios, intentaba una vez más
la comunicación desde el Viejo Mundo. Yo merendando y mi
suegra (*Márgara*, porque odia los diminutivos), lavando los
trastes luego del desayuno. Otra vez me la ocultaba. Que no
estaba, dijo con tono definitivo. «¿No está o no quiere estar?»,
quise indagar, y con la estática de la comunicación como que
lo pensó dos veces, además de que era domingo. «No está... le
estoy diciendo», insistió. «No está porque ya no vive aquí.» Y
luego de una pausa: «¿Le doy su teléfono?».

Para mi regocijo quien contestó en aquel segundo domicilio
fue Gabriel. El pequeño gran Gabriel. ¿Amamos a los niños del
mundo por lo que son o por el espejo que esconden de nuestra lozanía perdida? «¡Mati! ¿Eres tú?», gritó en un arrebato de
júbilo, «¿Ya regresaste?». Sí y no, le respondí suponiendo que
sostenía el Batman de vinil.

Todos hemos esgrimido, en algún punto de la existencia,
un fetiche para nuestra redención personal. (Ya lo dijo Carlos

Monsiváis: *el que esté libre de culpa, que arroje el primer poster*). Así el pequeño Gabriel se aventura por los senderos de la vida esgrimiendo la efigie de Batman. Imagina que ese lúgubre paladín —mitad hombre y mitad sabandija— existe en el mundo para garantizarle justicia y templanza... y en ese momento se me ocurrió cuestionárselo: «Gabriel, ¿me escuchas? Pregúntale a Batman si es murciélago o vampiro». Y sí, obviamente que lo tenía en la mano porque el pequeño pareció vacilar. En vez de responder prefirió cuestionarme:

—Oye, Mati, ahora que tengo dos papás, la verdad te quiero más a ti —lo dejé hablar—. Digo, contigo casi no salía, porque con Jorge ayer fui al futbol.

—Jorge —repetí.

—Al estadio Azteca, ¿no viste el partido? Jugaron las Águilas contra los Pumas, y ya sabes quién ganó.

¿Era pregunta? Quién.

—Pues el América, tres a cero; y eso que jugó Manuel Negrete con los Pumas. Estuvo padrísimo aunque llovió un rato. Allá, *en el extranjero*, ¿no llovió?

Jorge Monroy, pasante de ingeniería y gerente de una empresa de remodelación arquitectónica, es el padre biológico de Gabriel. Es decir, el ex de Gina; y si no se hablaron durante años, ¿cómo habría sido la reconciliación? O sea que Gabriel tenía ahora dos padres, el genético y el herético. Yo ninguno; es decir, lo había sepultado en las sombras.

—Por aquí anda mi mami, ¿quieres hablar con ella?

Le dije que sí, pero colgué segundos después. ¿Para qué desentrañar lo ya destripado? ¿Para qué hurgar en el hoyo negro que era mi existencia? ¿Para qué gritonear si teníamos de por medio nada menos que el Atlántico?

No pregunten qué es lo que más extraño de ella.

Al inicio de cada mes las asignaciones del licenciado Tavares ingresaban puntualmente en mi cuenta de ahorros. No era el gran dinero, pero esos dólares equivalían casi a diez mil francos. Yo recibía un telegrama confirmando la remisión bancaria y luego una frase impersonal: «TODO BAJO CONTROL». ¿Qué podría significar?

Rue Elzévir, 4ème étage. El apartamento ocupaba 47 metros cuadrados y tenía vista a la calle. Un olmo que vestía ya de ocre y una farola de vapor de sodio que salpicaba la cortina con su halo anaranjado. Madame Lebrija era la conserje y hacía más de veinte años que había dejado Torrelodones.

Era viuda, vivía sola, tenía ojos picarones y una verruga en la nariz, de modo que era imposible establecer contacto con ella sin tropezar ante ese triángulo discordante. Era lo que en su terruño llamaban una *mujer jamona*, y así permanecía contenta pues, aseguraba, desde que dejó el terruño se acabó el hambre. «Los mejores regodeos son los de la mesa.»

Una tarde, a las pocas semanas de habitar en el edificio, sacudía mi gabardina en el rellano cuando me salió al paso. Yo era *monsieur el mejicano*, y esa vez madame Lebrija me reveló que años atrás alguien «de cierta importancia académica» habitó mi apartamento hasta que se arrojó de un alto edificio «abrazando sus libros, porque el buen hombre era muy nervioso, y estudiaba la cuestión social, como usted. Un profesor universitario, alguien que publicaba libros, un hombre de izquierda».

No iba a dejarme con esa duda por el resto de mis días. «¿Ah, sí?», repliqué, «¿y quién fue esa persona tan famosa?»

«Fue hace siete años, en 1979. La noticia estuvo en los periódicos; un escándalo porque el señor Nicos era marxista y esa gente no tiene costumbre de suicidarse. Creo. Vinieron los gendarmes a preguntar varias veces porque yo fui la última en conversar con él. Que si no había tenido presiones, visitas de gente extraña, esas cosas que intentan averiguar. Y sí, venían sus alumnos. Muchachos y muchachas que se acomodaban en su piso lleno de papeles y revistas. Además que era vegetariano. ¿Monsieur Verduzco, usted no será vegetariano, verdad?»

«No», le respondí, sospechando ya la historia completa.

¿Qué tiene que ver un régimen de legumbres con aventarse al vacío desde el piso 19? «Esa mañana salió el señor Nicos sin desayunar, se veía desmejorado. ¿Pasó mala noche? Y me dijo que sí, que había dejado todo en orden. «No debo ninguna cuenta, señora Torrelodones», porque así me llamaba. Y se fue por la rue Paveé, derecho hasta el pont Marie para cruzar la isla de Saint-Louis. Dos horas después llegó la policía. Monsieur Poulantzas se había arrojado desde la torre Montparnasse donde trabajaba un conocido suyo.»

A partir de esa noticia ya no pude dormir con el debido sosiego. Me rasuraba en el baño y en el espejo se aparecía el rostro del pensador griego-francés. Nicos Poulantzas, que nació en Atenas en 1936 y desarrolló su pensamiento marxista en la Sorbona. Tenía 43 años al morir, los mismos que yo, y ahora compartía (es un decir) la misma habitación con él. Pensé en mudarme, pero hacerse de un piso en París no es sencillo, además que mis «salvavidas oficiales» me habían recomendado no moverme demasiado y permanecer en contacto. De Poulantzas yo había leído *Hegemonía y dominación en el Estado moderno*, encargado por el maestro Juan Brom en el semestre en que concluí la licenciatura.

Después vino el par de años en el sur de California, el curso de Escritura Creativa que tomé en la Universidad de Los Ángeles con John Gardner, mientras en las tardes me desempeñaba como hojalatero en un taller mecánico de Pasadena. Es decir, de mañana intentaba componer aquella novela que terminó llamándose *Traicionados por Cristo*, y por las tardes enderezábamos carrocerías de Porsches y Camaros, porque era un taller de autos deportivos.

El barrio era todo *kosher*; sinagogas, kipás, estrella de David. Un lugar muy *trendy*, lleno de jóvenes Bo-Bo (*Bon chic-Bohème*), que recordaba un poco al Polanco de antes o La Condesa de hoy. Caro, pretencioso, posthippie. Mi único lujo había sido reponer el colchón de la cama y no entraré en detalles para explicarlo. Tenía una pequeña nevera, una cocineta eléctrica y baño con ducha, aunque en cada ablución debía secar el lavabo y el retrete, que se apiñaban en ese 0.8 de metro cuadrado que presumió la agencia inmobiliaria. Los muros estaban cubiertos con papel tapiz de abigarrados arabescos y me habían endilgado tres carteles enmarcados: uno de Maurice Chevalier sonriente y con saco a rayas, otro con un paisaje de Montecarlo y la famosa fotografía de Jane Fonda desnuda en flor de loto. Montecarlo y Chevalier fueron a parar debajo de la cama; Jane Fonda quedó ahí para recordarme que la vida late bajo nuestros ropajes y que no habría un segundo caso policiaco en ese cuarto piso (suficiente tuvimos con Antonieta Rivas Mercado en la catedral de Notre Dame en 1931) y que cualquier cosa, cualquiera, sería mejor que terminar los días apuñalado con una daga oxidada.

Tenía un televisor Zenith en blanco y negro (el último en Francia) y un aparato de radio con tocacintas. Ahora mencionaré de lo que carecía: teléfono, mujer, dicha. Teléfono tenía Mme. Lebrija y me daba los recados necesarios (a su criterio) por unos cuantos francos al mes. Mujeres había suficientes en París, pero ninguna fue, lo que se dice, *mía* sin pagar los rigurosos 40 francos, que era la tarifa en la rue Saint-Denis. Y de la dicha no hay mucho que decir. Leía *Le Figaro* todas las mañanas en la Biblioteca Nacional y visitaba de cuando en cuando al cónsul Luis Vélez Ortega en la embajada mexicana. Era de Fresnillo y los jueves almorzábamos juntos. Nunca le revelé la causa de mi destierro (¿explicarla como una *vendetta* siciliana?), así que nebulosamente le referí que estaba adelantando mi tesis doctoral becado por El Colegio de México. Una mentira piadosa. Iba al cine los miércoles y sábados a la Cinémathèque Française y los domingos a los museos, por no decir que al museo Jeu de Paume, que visitaba todas las tardes que podía. Ahí habitaban los apóstoles del impresionismo, aquellos subversivos que a mediados del siglo XIX —escarmentados por la exactitud que permitía el invento de la fotografía— prefirieron tramar las «impresiones» que les inspiraba el entorno. Un arte que ya no quiso ser clásico, ni religioso, ni épico: Manet, Renoir, Degas, Monet, la Morisot, Sisley, Pisarro, y después Cézanne, Gauguin y el desolado mártir que fue Van Gogh. ¡Ah, mi hermano Vincent!, cuánta sandez flota en este podrido mundo... Así que había que aprovechar las tardes puesto que la colección estaba punto de ser trasladada a la nueva galería instalada en la estación-museo de Orsay. Bebía vino, comía *moules* como desaforado, miraba llover en los atardeceres (tumbado en el sofá) y me masturbaba.

En aquel otoño fue cuando comencé a imaginar la novela que hablaría sobre mi padre —la ausencia de mi padre—, pero ¿cómo distanciarme del odio? ¿Cómo escribir desde el resentimiento, cómo sepultar el rencor? ¿Me explico?

Este manuscrito, en todo caso, no es una novela. Son las impresiones de un viajero que ha llegado a Vigo luego de emprender, como cientos de miles, *El Camino*. Un cuaderno (también) de «impresiones», de memoria, de recuento. «Querido diario, el sábado maté a una peregrina.» ¿Es eso? (Dos precisiones: 1. Si llego a morir a manos de los fanáticos de la Cofradía del Tepeyac, sirvan estas páginas como testimonio, si no de mi inocencia, sí de mi deseo de sobrevivir. 2. Yo no he matado a nadie... aunque alguien podría argüir que murió herida por *mi arma*.)

En París logré por fin disciplinarme. A la segunda semana estaba apuntado ya en dos cursos de la Sorbona, sin derecho a matrícula ni examen, desde luego. Uno era el que impartía el maestro Ricard Lagrange sobre «La segunda humanidad, después del cine», y otro el que dictaba la doctora Mimi Dumois sobre «Los retos de la lectura en la población infantil de fin de siglo», entre otras cosas porque mi plaza en la Comisión Nacional de Libros de Texto Gratuitos iba a quedar «congelada», aunque no para siempre.

¿Qué es para siempre, después de todo?

El enamoramiento es una simple obsesión. Delirio, furor, ofuscación. Una ceguera temporal que deriva en cartas amorosas, besos bajo los toldillos y coitos a medio desvestir. Luego todo será ceniza del tiempo. Semen y lágrimas evaporados en el polvo que cubre el buró de mi habitación en el hotel Méjico.

Deslizo el dedo y queda un rastro sobre la pátina opaca de la madera. Escribo su nombre con el índice, el dedo que le erizaba los pezones, que le humedecía el recoveco del amor. Leo ese nombre, ocho letras, y un estremecimiento está a punto de abatirme. «He vencido al polvo», me digo al mirar ese rastro sobre el barniz velado por el salitre. Vivimos luchando contra el polvo, si no miren al ejército de conserjes al asalto de la calle, escoba en mano, con las primeras luces del día. Miren a los empleados del ayuntamiento, sus grandes tambos y sus recogedores de lámina. Miren a las criadas arrastrando el ronroneo de las aspiradoras de nombre emblemático... Kelvinator, Koblenz, Bendix, como si esos blindados fueran suficientes para ganar la última batalla contra el gran Dios del Polvo. El polvo que desciende imperceptible, no sabemos de dónde, y que cubre las mesas, los epitafios, las ciudades. Troya sucumbió bajo el polvo, lo mismo que Tebas, lo mismo que Bonampak. El polvo que habrá de cubrirnos, algún día, hermanándonos con la hojarasca. El polvo de la canícula. El polvo inclemente que vencerá las páginas de mi vida, estas lágrimas de inutilidad pasmosa, el dolor que a ratos punza en mitad del tórax y me impide hablar. (¡Yo no la maté!) El polvo.

Monsieur la Poussière, te veneramos mirando la cama de Van Gogh entre la bruma que asciende por la ría de Cangas.

Polvo. Derrota. Olvido.

Ya lo he dicho: soy un forajido, sólo que yo no huyo (estoy huyendo) de la justicia a secas. Vivo como prófugo, sí, de otra justicia. La justicia de los necios que, si pudieran, me crucificaban. Además que no soy inocente del todo. ¿Deberé mencionarlo?

A despedirme en el Aeropuerto «Benito Juárez» —de eso van a cumplirse diez meses— acudieron el buen Raymundo Ezeta e Isidro Metaca, el colega que no podía ocultar una escondida satisfacción pues de seguro que le endosaría (como ocurrió) mi plaza como coordinador editorial de los libros del sexto año de primaria, y algo más.

La vida es eso: reemplazo y reposición. Como en *Ricitos de Oro*, alguien terminará por ocupar algún día la cama de Papá Oso. Alguien que asaltará el corazón que supusimos de fidelidad perpetua y se apoderará de la primera novela que leímos a escondidas: *El amante de Lady Chatterley*, y Mamá que murmuraba al descubrirlo, «esos libros sucios, esos libros sucios». Todo termina por legarse *al otro* y ser usufructuado en nuestra ausencia. ¿Dónde está, por ejemplo, mi bicimoto, la Vespa Ciao que adquirí en Sears Roebuck por 3 mil pesos? Nunca lo olvidaré. Al regresar de Los Ángeles (instigado por las cartas de Leticia) la moto ya no estaba. Mamá no pudo explicar su desaparición, «¿no está al fondo del patio?», aunque sospecho que la obsequió al jardinero de casa, pero no tuve ánimos de indagarlo.

Mamá deliraba en su cama, no lograba explicar nada, llevaba medio año sin probar alimento. A veces un yogur, en ocasiones media mandarina. Pesaba treinta y nueve kilogramos y descendiendo. ¿Escribiré algún día de ella?

Estaba por cumplirse un año desde que mi padre la abandonó. Se había ido con aquella otra mujer, aunque luego supimos que vivía como ermitaño en un hotelito cerca de *El Día*, donde se desempeñaba como subdirector.

La desolación había iniciado.

Fue lo que aquella tarde le conté a madame Lebrija.

Habían pasado diez semanas y la desazón me hacía naufragar. Necesitaba ser escuchado, hablar... hablar en español y contar la agonía de mi madre, de la que no me he repuesto.

Regresaba de la Biblioteca Nacional, ya oscureciendo, cuando de nueva cuenta me topé con la conserje. Se me hizo fácil invitarla a casa a tomar «un par de carajillos». Madame Lebrija, cuyo nombre de pila es Francisca, aceptó de buen grado. Que subiría minutos más tarde. Había conseguido café colombiano de contrabando —le anuncié con mi mejor sonrisa—, y ella cargó consigo una media botella de brandy Osborne, el del toro de los cojones. Mi olfato es infalible: se había rociado con dos gotas de Calvin Klein, a su edad… Recorrimos el piso y así me fue señalando los rincones donde Nicos (seamos confianzudos; después de todo hemos compartido los mismos fantasmas) había instalado el librero. Más de tres mil volúmenes a todo lo ancho de la estancia, y dónde su escritorio, y dónde la mesita para merendar. «Fumaba mucho, y arrojaba las colillas de sus Gauloises por la ventana, justo frente al portal, que yo debía barrer dos veces al día. Me caía bien el profesor, tan guapo y ensimismado.»

Luego me relató la serie de inquilinos que le sucedieron en el piso. Una enfermera negra de Gabón, tres estudiantes italianos de farmacología, un jubilado del servicio de correos que luego se mudó a Bretaña. Y ahora yo.

La tarde en que me abrí de capa con ella —es un decir— fue de lluvia. Una llovizna de esas que nosotros llamamos «chipi-chipi», y en algún momento nos acomodamos en el sofá, degustando el segundo carajillo, igual que novios reconciliados. Fue cuando Francisca Lebrija observó la caja laminada de galletas Mac'Ma, «surtido danés», que atesoraba en lo alto de la vitrina. Se le hizo fácil alcanzarla.

—Ah, galletas mejicanas —celebró y ya procedía a quitarle la cobertura plastificada cuando consideré prudente advertir:

—Espere. Eso no es lo que aparenta.

—Por favor, Matías, nosotros también tenemos buenos bizcochos. ¿No me vas a permitir probarlos?

—Eso que tiene usted en las manos es el último suspiro de Xóchitl.

La conserje revisó el cofre. Redondo, cargado. «Surtido Danés. Galletas finas de mantequilla.» Me lanzó una mirada de chasco.

—¿El último suspiro de qué? —debió insistir.

—Me costó mucho trabajo retractilarla —expliqué—. Tuve que emplear un pliego de celofán y ayudarme con la secadora de pelo. Todo para engañar a los agentes de la aduana porque eso que tiene en las manos, madame Lebrija, son las cenizas de Xóchitl, mi madre.

—¿Tu madre?

—Xóchitl María, *prima ballerina* del ballet de Amalia Hernández.

Madame Lebrija depositó aquello sobre la mesita con un pasmo de solemnidad. «Ah, perdona; no sabía.» Ni tenía por qué.

—Lo que más le celebraban era su bailable de *El Colás* —rememoré—; un son jarocho de gran jovialidad. No sé si lo haya escuchado… «Colás, Colás, Colás y Nicolás; lo mucho que te quiero y el maltrato que me das…» Mi madre fue famosa en los tiempos en que el Ballet Folklórico iniciaba sus actuaciones en el foro de Bellas Artes. Después se casó y nos tuvo a Yoris y a mí, pero con los años se fue enjutando. Con ese rufián como marido, su alma se convirtió en un capullo marchito.

Ante su mirada de pasmo, insistí:

—Le podría contar todo eso —y en ese momento imaginé, no sé por qué, su última noche de cama sudada.

Seguramente fue con su marido, fallecido once años atrás (me lo había contado)… o quién sabe. Es verdad, ¿qué edad habría cumplido Francisca, la de la verruga inefable?

—¿No tendrás una Orangina, Matías? Tengo sed.

Claro, después de manipular las cenizas de mi madre, cualquiera requeriría un remanso de humedad. Xóchitl Verduzco, *que se secó*. Le serví un vaso de agua mineral con Osborne (no había hielos en la nevera).

—Hace años que no me embriago —me advirtió con ojos picarones. Y yo le ofrendé mi confesión.

70

En septiembre de 1971, al retornar de Los Ángeles, ya no hubo remedio. En sus últimas cartas mi hermana Leticia había compartido su preocupación por el estado de nuestra madre. El médico le había diagnosticado una «patología alimentaria». Debía consumir hígado, pasta, levadura de cerveza.

Xóchitl ya no come, se pasa el día sentada en su poltrona escuchando el radio; ya sabes, XEB, música de tríos y boleros. Apenas prueba una galleta al mediodía, un puñado de uvas, no come carne, no come huevos, no come nada, se excusa, «porque no tiene apetito». Lo suyo es una simple «anorexia nerviosa», ha dicho el médico. Además, pobre Mamá; huele a rancio, se baña solamente los sábados… es lo que asegura ella, y se desplaza cargando una jarra de limonada que bebe a sorbitos «para no deshidratarse». Ha perdido mucho peso. Seguramente que padece de anemia. Ya no sale con sus amigas, les cuelga el teléfono. Debe creer que oyendo por las tardes a Toña la Negra y Benny Moré se le arreglará la vida. Y ya sabes; jamás, jamás, jamás (como dice ella) irá con un psicólogo a exhibirle los rincones de su alma atormentada. Tú lo sabes, está purgando el abandono del cabrón de nuestro padre, que ojalá se muera un día de cáncer y lepra. El muy puto en sus puterías con la gabacha que nunca nos permitió conocer. El fanfarrón que destruyó nuestra hermosa familia que fue hasta… ¿cuando tuvimos doce años? Ay, Matías, Matías, hermanito; regresa pronto, abraza a Xóchitl, que te necesita. En serio, *undocumented brother*, ¿piensas dedicar tu vida a escribir libros? Te morirás de hambre, te lo digo yo. Besos, Leticia, *la Yoris*.

Ciertamente el día que me reencontré con mi madre era una caricatura de la hermosa bailarina que fue en su juventud. Una caricatura preciosa, pero caricatura al fin. Intenté hacerla comer, le había llevado una pizza de anchoas (su favorita), pero nada. Esa tarde su merienda fue un platanito Tabasco y un vaso de agua mineral. Tres semanas después, una mañana, Concha la halló en su cama cumpliendo el sueño eterno. Con lágrimas en los ojos la sirvienta nos relató que al menos el día anterior —que fue sábado— Xóchitl se había bañado.

Gracias al cielo el cabrón de nuestro padre no acudió al velorio, evitándonos un escándalo de horror. Luego supimos que Damián Ceniceros se encontraba de vacaciones con la gabacha, su querida —un viaje por Xilitla— y así fue como Leticia y yo decidimos (porque se comenzaba a poner de moda) incinerar el cuerpo de Xóchitl. Secuestrar sus cenizas.

Las mismas cenizas que madame Lebrija miraba con culpa y veneración desde mi cama, ambos borrachos y *cogidos*. El travieso Baco lo predispuso, la ninfa Porna lo confirmó, la lata de Mac'Ma (surtido danés) fue nuestra alcahueta. Y ustedes lo preguntarán, «¿una mujer jamona?». Bueno, sí y no. Todo depende.

El Marais queda a tiro de piedra del Quartier Latin. Además de mi «baño con ducha» que se apiñaba en ese medio metro cuadrado que la inmobiliaria presumió como *zone de nettoyage avec salle de bain complète*, tenía una ventana amplia que me permitía mirar los techos de París: plomizos, abuhardillados, ancestrales. Mi única alegría era Jane Fonda desnuda.

Había noches en que conversaba con ella (es un decir) y le preguntaba si había conocido a Nicos. Luego hablábamos de sus maridos (Roger Vadim y Tom Hayden) y de mis días amenazados por aquella daga oxidada que la Cofradía Nacionalista del Tepeyac pretendió encajar en mi corazón.

Leía *Libération* todas las mañanas en el bistró de la esquina —el Café Camille—, bebiendo mi *orange pressée* y royendo una baguette con mantequilla y, desde luego, confortándome con un café con leche. Una hora después en la Biblioteca Nacional leía uno y otro libro sobre las cruzadas (iniciando con Johan Huizinga y Georges Duby, continuando con Thomas F. Madden, Steven Runciman y Mijaíl Záborov).

La verdad es que pensaba desarrollar un ensayo que demostrase que la Conquista de México fue, ni más ni menos, que la *duodécima cruzada*. Hernán Cortés —el otro inefable— como una suerte de Ricardo Corazón de León combatiendo a los infieles del Anáhuac. Sólo que en lugar de liberar Tierra Santa destruiría Tenochtitlan, y en vez de derrotar a Saladino debería vencer a Moctezuma y su ejército de paganos idólatras.

Pienso que el suyo fue el mismo espíritu que movió a los ejércitos de Godofredo de Bouillón y Raymundo de Tolosa en la conquista de Jerusalén, de ahí la vehemencia evangelizadora que acompañó la empresa. Recordemos la expulsión del moro, en Málaga y Granada, que habían encabezado los Reyes Católicos como una guerra de liberación. Un libro que tendría diez mil detractores (desde luego), pero que no pude más que esbozar debido a los acontecimientos y la acechanza —ya se verá— de mis verdugos.

De cuando en cuando visitaba al cónsul Luis Vélez en su oficina. Almorzábamos los jueves en el restaurante Le Grenier à Pommes, que quedaba a media cuadra de la embajada, donde la especialidad era el *confit de canard* y el menú incluía dos generosos *ballons de rouge*. Claro, el agregado de información pagaba la cuenta luego de alargar la sobremesa tratando de averiguar qué era *realmente* lo que estaba haciendo en París. «¿No serás un enviado secreto de la Corriente Democrática que encabeza Cuauhtémoc Cárdenas?», porque aquello estaba creciendo.

Nunca le revelé la causa de mi destierro. ¿Explicarla como una *vendetta* guadalupana? Así que hablábamos de los buenos tiempos en El Colegio de México, si los hubo, y la nostalgia por las tortillas y la salsa verde. Reminiscencias.

Los domingos los museos eran gratis. A dos cuadras de casa tenía la caprichosa galería de la historia de París, mejor conocido como *Musée Carnavalet*. Es el museo de la Francia Real, de Carlomagno (768) a Luis XVI, que fue guillotinado en 1793, pasando por los Capetos, los Valois, la Casa de Orléans y los Borbones. El museo de las reminiscencias. Pero cuando la lluvia se apoderaba de la tarde encendía el televisor para que Guy Lux, en su programa *Intervilles* (que transmitía France 3), me recordara un poco a nuestro «¡Sube, Pelayo!», porque siempre hay un asomo de piedad en todo juego de chacota. No es lo mismo caer en una poza de agua jabonosa —para la hilaridad del respetable— que lanzarse al vacío. Era cuando reflexionaba sobre la decisión de Poulantzas. ¿Por qué escogió el nivel 19 de la Torre Montparnasse y no el cuarto piso de la rue Elzévir, más acogedor y a la mano?

Cuando la melancolía era más acuciante me calzaba las vaqueras y optaba por salir con mis Gitanes en el bolsillo. Una vuelta por la Place des Vosges y una larga caminata por el boulevard Richard Lenoir —desde la Bastilla hasta la avenida Christophe Oberkampf—, bajo los castaños de la calzada. Así acabé con las suelas de mis botas adquiridas en Tijuana. La lluvia, París, el Sena, el bistró Camille, el Louvre y, de cuando en cuando, madame Lebrija que subía a ofrecerme sus crujientes *coulant au chocolat*, y algo más. Una mujer cariñosa.

En aquellos días fue cuando consideré seriamente si escribir o no la novela que hablaría sobre mi padre —la reminiscencia de mi padre—, porque su versión juvenil ya la conocía medio México. Aquellas páginas publicadas bajo el vertiginoso título de *¡Me quedan cinco tiros!*

Esto no constituye una novela. No del todo. Son simples reminiscencias.

Reviso estos párrafos y me encuentro varias veces con la palabra. Era un bambuco yucateco que mi madre, Xóchitl María, cantaba a solas en casa. Amaba a mi padre y mi padre aún la amaba. Aprendió la melodía en sus años de bailarina y al cantarla se iba contoneando por la estancia, el patio al tender la ropa, la cocina buscando las cazuelas mientras repetía las estrofas del vate Víctor Martínez… «Estoy viviendo reminiscencias, reminiscencias de primavera, que se revelan en nuestras almas como hojas caídas de una quimera…»

Y hoy junio siete, sábado, las estrellas de Chernóbil se han consumado.

Mi madre en una caja de galletas perdida y mi padre en el infierno (quiero suponer). Concha, la cocinera, fue la última en salir a pasear con ella. Una visita que iba a ser al supermercado, pero que Mamá hizo desviar hacia las veredas del Parque Hundido. ¿Escribiré algún día de ella, Xóchitl María? Tiempo me sobra (eso supongo), lo que a ella no.

Leticia me contó de la tarde en que el sacerdote de la parroquia San Vicente de Ferrer fue de visita. Esa tarde en que le llevaba la eucaristía, mi madre lo previno: «Me estoy muriendo, padre Sebastián, pero no tengo miedo. ¿Es pecado eso, no temer a la muerte?».

Entonces su confesor la reprendió. «Más falta es no comer, señora Verduzco. ¿Por qué se resiste a probar alimento? O qué, ¿se está dejando morir?» A lo que ella contestó: «Ay, padre Sebastián; pero es que no me da hambre. Además que todos los días me tomo una jarra de limonada, pregúntele si no a Concha. Mal no me siento».

Mujeres al fin, mi hermana y ella siempre compartieron confidencias. Anhelos, aflicciones, resignación. En el velorio —con el pañuelo en la mano— me reveló que semanas atrás Xóchitl María le había confiado:

—Algo de bueno tendrá esa otra mujer que me ganó a tu padre, ¿no te has puesto a pensar? Algo le habrá dado, algo que yo no pude y no quiero imaginar…

—Olvida eso, Mamá —la Yoris habrá forzado una sonrisa.

—Lo que me queda de vida, ahora, será para no recordar.

—¿No recordar? —rezongó mi hermana—. ¿No querrás decir olvidar?

—No es lo mismo. Para olvidar hace falta voluntad, para no recordar basta con la enfermedad, que es mi caso. Perderme, divagar —mi madre se habría mordido una uña—. Lo único que lamento es no haber conocido Astorga, en España, donde nació mi padre.

Eso dijo, pero ¿se puede vivir sin recuerdos?

Astorga.

Fue un cisma por partida doble. Ya no volví a cruzar palabra con mi padre y al poco tiempo —ya lo he dicho— Xóchitl María terminó por sucumbir de inanición. El culpable de todo fue Damián Ceniceros.

No volveré a mencionarlo. El pobre diablo que terminó como un diablo pobre. Hagamos como que ha muerto. Luzbel lo guarde en su fuego eterno.

Eran más de las nueve de la noche y con el paso de los minutos la esperanza iba disolviéndose. ¿Acudiría Gina a despedirme al aeropuerto? El que me hubiera hecho llorar, de eso estoy seguro, habría sido el pequeño gran Gabriel y sus cuestionamientos inconmensurables. «Mati, ¿por qué hay pobres con hambre y tanta comida en el súper?» El niño con las preguntas de Jesucristo.

Para responder quizá me habría servido el libro que me obsequió Raymundo Ezeta en el vestíbulo de migración. El famoso volumen *Breve historia del tiempo*, de Stephen Hawking. Por su parte Isidro Metaca me entregó un paquete singular: una botella de tequila Herradura envuelta en una banderita mexicana, de esas que venden en el mes patrio. «Para que no olvides que eres un soldado en cada hijo.» Al concluir el trámite aduanal escuché que alguien me llamaba. ¿Cómo habría logrado ingresar al área de abordaje? Pero no era Gina.

—Si quieres te despido con «Las golondrinas».

Se trataba de Paulino, puntual como siempre, que había sido comisionado por el subsecretario Tavares para escoltarme hasta el último peldaño del Boeing 707.

—¿Todo en orden? —le respondí que sí.

—Air France; ¡oh, la, la! —se mofó el gordo—. En serio, a lo macho; si quieres te canto la «Canción mixteca».

Inmensa nostalgia invade mi pensamiento. Qué sabiduría la de José López Alavez cuando el relámpago de la inspiración lo tocó. La canción es un portento que no pocas veces me ha soltado las lágrimas. «Oh, tierra del sol; suspiro por verte. Ahora que lejos yo vivo sin luz, sin amor.»

Pedí tres Ballantines, uno tras otro, a la azafata. En la pantalla de la cabina pasaban la película *Pasaje a la India*, de David Lean, que fue un fracaso de taquilla a pesar de estar basada en la novela de Edward M. Forster. Me quedé dormido apenas abandonábamos América y desperté con el aviso —en francés y en español— para llenar los documentos de inmigración. Aterrizamos en París el domingo 15 de septiembre de 1985, sin Grito ni pirotecnia.

En la Casa Argentina, donde me hospedé, sufrí la tragedia mediática del jueves 19. Ustedes habrán de recordar. Un cataclismo que ocupó las primeras planas de la prensa durante una semana. *Un tremblement a ravagé México.* Así fue como conocí al cónsul Vélez Ortega, quien me facilitó su línea telefónica para comunicarme con Yoris y con el pequeño gran Gabriel. Todo en paz, afortunadamente, a pesar del desastre que ensombrecía la antigua Tenochtitlan.

Alguien comentó que el terremoto había sido tan violento como el de 1957, sólo que sus demoledoras consecuencias se debían al «crecimiento vertical» de la urbe en ese cuarto de siglo. Y fue cuando la fecha saltó como resorte.

1957, julio 28.

Muy pocos lo recuerdan, pero al iniciar la madrugada de aquel domingo un terremoto de 7.5 grados acometió a la Ciudad de México. Duró poco más de noventa segundos y ocasionó más de 25 derrumbes, principalmente el del ángel dorado que corona la Columna de la Independencia. Hubo cerca de 370 muertos, el desplome de varios edificios de apartamentos en la colonia Roma, y el colapso de la Mansión Corcuera, en Paseo de la Reforma. Desde la entrada triunfal de Francisco Madero a la ciudad, el 7 de junio de 1911, que no trepidaba de esa manera. Aquella vez el desplome del Cuartel Central de Artillería en San Cosme se llevó entre los escombros la vida de medio centenar de armeros. «Cuando Madero entró, hasta la tierra tembló.»

Lo menciono porque aquel cataclismo ocasionó, de algún modo, la catástrofe de mi vida. ¡Oh, Patria Telúrica!

Ténganme paciencia. Intentaré explicarme.

En mayo de 1981 vivía la crisis natural de los cuarentones. Gracias a la recomendación del maestro Luis González y González me habían contratado en la Comisión de Libros de Texto, donde me desempeñaba como «revisor técnico», cualquier cosa que ello pueda significar. Además impartía el curso de Historia del México Independiente en la Universidad Metropolitana. Ahí conocí a Gina, cuando era una linda estudiante recién comprometida con *Georgie*, quien luego juraría como su nefando marido.

Así estaban las cosas cuando un mal día estacioné mi auto fuera del templo de San Pedro y San Pablo, en el centro de la ciudad. Era una de los cientos de capillas incautadas por la República triunfante —con la Ley Lerdo de 1856—, donde se conservaba parte de la Hemeroteca Nacional. A mediodía asomé a la calle del Carmen para fumar, y fue cuando me enteré que mi auto había sido arrastrado por una grúa de la policía. Era un sitio donde estaba —y no estaba— prohibido estacionarse, según se arreglara uno con la banda de «apartadores»

78

que se habían apoderado del rumbo. Sólo que ese día falló el convenio y qué remedio, hube de ir en busca de mi destartalado cupé. En México, lo saben ustedes, un hombre sin auto no es tal.

Debí trasladarme al recinto donde depositaban los vehículos en falta. Por el lugar de la infracción me correspondía el corralón de Cabeza de Juárez, en Iztapalapa, que era decir la cueva del chamuco. Daban las dos de la tarde cuando por fin localicé mi vehículo. Estaba al fondo del enorme estacionamiento, junto a una montaña de autos en abandono. La pila era de cuatro niveles y en ella reposaban los coches como dinosaurios en una grieta jurásica: desvalijados, aplastados, oxidados. Iba a ser el destino de mi Datsun «si en un lapso de 14 días no era redimido con los trámites del caso». Es decir, se requerían varios documentos para comprobar la propiedad del auto y la identidad del dueño. Acta de Nacimiento, Factura Original de Agencia, Pago de Todas las Tenencias a la Fecha, Comprobante del Cambio de Placas 1981-1982, Certificado de No Adeudo de Multas en la Dirección General de Tránsito (DGT), Comprobante de Domicilio, Tarjetón de Circulación… Todo con escalofriantes MAYÚSCULAS que no invitaban más que a proponer el cohecho. Y nos arreglamos. Con quinientos pesos (a la sorda) se endulzó el trámite con un sello extraño que añadía sobre la multa: «exención por caso urgente», o sea.

Era un mayo en extremo caluroso y los aguaceros de la temporada se sucedían apenas atardecer. Nubarrones sombríos, relámpagos en la distancia, súbitos chubascos. Ese viernes 22, que nunca olvidaré en mi calendario de pasmo, no sería la excepción. Ya me entregaban mi Datsun, que tenía ocho años de uso, cuando me enfrenté con la evidencia:

—Oiga, oficial —protesté—; mi coche no tiene radio.

—Y eso qué —no fue pregunta. El agente era bigotón y usaba gruesos anteojos de pasta

—Que hace tres horas sí tenía, y ahora no tiene.

—¿A poco? *P'siasí* lo trajo la grúa.

—Pues se lo advierto, no me llevo el coche hasta que no le instalen de nuevo su radio. Tenía tocacintas.

—¿*Le instalen*? Tsss, ya le digo; *p'siasí* entró al patio. ¿No se lo habrán sacado en la calle donde lo dejó?

El cinismo del agente comenzaba a ganar mi simpatía.

—Oiga, ¿pero no me escuchó? Tengo que regresar con radio… Mi mujer es romántica, no puede viajar sin ir oyendo a José José.

—Ah, bueno; por a'i hubiéramos comenzado.

En el México Imposible todo es posible. Con otros doscientos pesos el trámite quedó resuelto. Que me diera una vuelta a las siete de la tarde. «Iban a buscar.» Entonces, al cierre del corralón, me entregarían el vehículo entero.

—Si no hallamos el original le ponemos uno de marca. Un Sony, un Kenwood, uno bonito. Usted no se preocupe.

El barrio no era precisamente inspirador. Podría ser una escena de Mogadiscio, de Calcuta, de Tegucigalpa. Calles de lodo, tendejones de Pepsi y chicharrón picante, viviendas de block de concreto, ranchitos donde chillaban marranos en su encierro, adolescentes cerveza en mano paseando en ruidosas motonetas, festones de papel picado colgando de esquina a esquina, perros y gallinas sueltas, un radio perdido en el que Rigo Tovar, al compás del grupo Costa Azul, lamentaba a todo volumen: «¿Por qué abandoné a mi madre, y solita la dejé?; sin darme cuenta siquiera, si tenía qué comer…». No el México Bronco ni el México Lindo: el México Patético, digamos que plebeyo y sentimental.

Deambulé como tonto asimilando ese ejercicio de «Sociología-en-vivo», como recomendaba el maestro Gabriel Careaga en la facultad. La colonia se llamaba Cruz de Meyehualco y yo debía encontrar un sitio donde almorzar. Parecía perro perdido. Hacer tiempo y matar el tiempo mientras los desvalijadores hallaban un radio de repuesto. Después de todo no sería complicado retornar a mi punto de arranque; bastaba alzar la vista y buscar al norte la cabeza descollante de Benito Juárez.

La escultura está forjada con placas de hierro y se yergue cuarenta metros sobre la traza urbana. Pareciera una efigie de monumental surrealismo. Al mirarla un extranjero se llevará una triste impronta: «Pobre señor, lo decapitaron por sedicioso». La choya sobresale sobre los marjales del lumpen. Hay que recordarlo; cien años atrás aquel paraje fueron las marismas del lago de Texcoco donde ahora el Benemérito de Guelatao enaltece el barrio «Lanceros de Oaxaca», flanqueado por la avenida del general Ignacio Zaragoza que fue, ni más ni menos, que el verdugo del ejército napoleónico.

Así que aquélla era la colonia Citlali… donde estaba a punto de soltarse el aguacero. Necesitaba hallar un refugio. Perseguido por los primeros goterones ingresé corriendo en un amplio local, y fue cuando me percaté de mi error. Sobre la barra de servicio un letrero anunciaba: «Los Delirios de Meztli».

El techo, que era de zinc, empezó a retumbar bajo la percusión del granizo. Busqué una mesa y me detuve a estudiar el sitio. «Meztli», por cierto, fue la deidad de la luna en la cultura mexica, de modo que me hallaba en la *covacha de los lunáticos*; quise suponer.

—¿Natural o curado? —preguntó la empleada que llegó a mi mesa.

—Mejor una cervecita.

—¿Dónde crees que estás, bombón? —gruñó con aspereza—. Refinada, pero pulquería. *Una cervecita…*

—¿Tienen algo de comer?

—Atizando parejo, sí. Hay chicharrón en verdolagas y frijol con cerdo.

Observé las manos de la mesera y comprendí mi confusión.

—Entonces, ¿jícara o tornillito? —insistió impaciente—. Hoy tenemos de piñón y pitahaya.

Era un evidente *muxe*, un transexual istmeño con las uñas pintadas. Tenía cabellera rizada y estaba maquillado con pretensión de parecerse a Lucha Villa. De su ajustado escote asomaban dos pechos de silicón.

—Qué ves, mirón —me regañó. Luego señaló el tatuaje en uno de ellos: *EsdeSilverio*—. Soy Fabiola, pero no te apures, mi cielo —me guiñó en retirada—. Al cabrón lo mataron y me enviudó hace dos años. Voy a traerte un tornillito de piñón. Hoy quedó bueno.

Era de no creerse. Horas atrás hurgaba yo en las páginas de *Violetas del Anáhuac*, una revista femenina del siglo XIX, y ahora, al pie de la Cabeza de Juárez, degustaba un tarro de pulque. Además me acompañaba con un lomo enfrijolado que cuchareaba con tortillas. Insisto, de no creerse.

Al mirar a los otros parroquianos comprendí la circunstancia. En el periódico se anunciaba que el sábado siguiente, que sería 23, quedaría abolida la prohibición que pesaba sobre las mujeres para tener acceso a bares, cantinas y pulquerías. Algunos de los ahí presentes parecían celebrar esa última oportunidad de segregación macha. «¡Jijos, jijos!», gritaba uno al fondo, «¡el mundo ya no será igual!»

No, ya no sería igual pues a poco de eso, cuando *Fabiola* ya me obsequiaba con un segundo tarro de pulque, uno de los comensales que festejaban al fondo alzó su enorme vaso, desafiante, invitándome a brindar. Obedecí de mala gana.

La tormenta se extinguía fuera del galpón y fue cuando consideré la conveniencia de telefonearle a Gina, que por entonces se acababa de divorciar. Íbamos al cine los jueves y cenábamos los sábados.

La gente del sitio se bamboleaba (es el verbo) con graciosa suavidad. Así es la borrachera de pulque... dulce, lenta, sosegada. Como una vigilia onírica. Por lo demás aquéllos eran hombres de trabajo. Albañiles, pintores, milperos, mecánicos, tablajeros, materialistas, quizás algún banderillero perdido. Estaban curtidos por el sol, ninguno llevaba corbata ni visitaba al peluquero. Olían a cigarro, a sudor, eructaban sin disculparse. «Ses'que le digo eso, compadre. A mí... a mí hablándome al chile.» Al abrigo de aquella techumbre, más que tejer conversación lo suyo era cruzar monsergas. Estaban ahí para hacerse compañía, simplemente, y bebían y se limpiaban los bigotes con latigazos babeantes. Ebriedad con sueño, dulce *neutle*, le llamaban los antiguos. «Qué le dije, compadre... qué le dije. ¿No le digo?»

En algún momento debí acudir al baño. Avancé entre las bravatas inofensivas de los beodos. El mingitorio era una canaleta de mosaicos variopintos y varios trozos de hielo flotaban en su cauce. Un fulano perseguía con su micción uno de los témpanos al tiempo que le advertía: «No la verás... no la verás... no la verás». Yo me dediqué a lo propio, aguantando la risa, cuando al abotonarme la bragueta lo descubro detrás de mí. Entonces lo reconozco; era el jaranero con el que había brindado en la distancia. «Usté no es rival, ¿verdá?», me escrutó con dedo admonitorio. Y no, le dije que no. «Entonces usté venga con nosotros. Me están celebrando, soy nuevo adherido. Usté a qué se dedica», que se ahorró la interrogación.

Le conté mi verdad. Que trabajaba en la redacción de los libros de texto, que daba clases de Historia en la Universidad Metropolitana, que una grúa se había llevado mi Datsun al corralón y estaba esperando para recogerlo más tarde.

Así me uní a la pandilla ignorando, por supuesto, las consecuencias. Eran cuatro y aún recuerdo sus nombres. Simónides, que era carpintero; Pedro Tilmiztli, radiotécnico; Cuauhtli, sepulturero. El más joven de ellos, el que me invitó, era ligeramente estrábico. Le llamaban simplemente *El Cuatro*. Me presentó con el grupo como «el maestro de Historia», y aseguró que era «catedrático en las universidades mexicanas». No lo contradije.

La charla de los borrachos nunca ha destacado por su diafanidad. Pedro Tilmiztli era ciertamente elegante. Había pedido cuchara para atacar el chicharrón en verdolagas, y al hablar alzaba una mano, como si predicara en el púlpito. «Estamos tristes, ¿estamos tristes? No es lo mismo quiúbole mi amigo que adiós camarada, ¿verdad? Por eso estamos, ya le digo, tristes. ¿Tristes?», y sonreía con la pregunta. Simónides, que debía tener sesenta, parlamentaba a golpe de monosílabos. Parecía despachador postal. «Si te toca, digo, ¡eso! Te toca. Si no, pues no. Fue la cosa con Rúper. Le tocó, ¿verdad? Le tocó.» Cuauhtli era redundante y pesimista, además de insertar sobradas obscenidades en su discurso. «Pinchi Rúper se lo llevó la verga, quién le manda, ¿no? Cambiar un pinchi fusible es pura pelada, ¿no?, pero quién le manda. Carajo Rúper, meterse a la caja de cables bajo la lluvia y ¡chíngale!, el putazo de la descarga. Allí quedó el pendejo igual que pinchi charamusca. Quién le manda.»

—Y faltando Ruperto, qué —desafió el viejo Simónides.

—Pues buscar un pinchi sustituto, qué carajos. Y su chingada madre nos lo dispuso al muy puto —observó el enterrador Cuauhtli.

—Sea que alguien cumpla con pundonor, porque la vida es cumplir. ¿Cumplir? Sí, eso, y quién mejor que el hijo del buen Ruperto. Quién mejor —y los ojos de Pedro Tilmiztli se dirigieron a El Cuatro, que sonrió para matizar su bizquera.

—Yo mero, pues. El nuevo adherido —pero el radiotécnico alzó la mano para hacerlo callar.

Luego me pidieron que les hablara de los trágicos emperadores, Cuauhtémoc y Moctezuma, y del mítico Tlacaélel, así que les reproduje lo que malamente había aprendido con el profesor Eduardo Matos. De los *huey tlatoanis* dije lo que expusimos en los libros de texto. Pura corrección política sustentada en el nacionalismo. De Tlacaélel destaqué su misión tras el trono durante medio siglo, de Itzcóatl a Chimalpopoca. «Fue algo así como el cardenal Richelieu en la corte de los Borbones.» Me invitaron un tercer pulque y me convidaron el dulce de guayaba que llevaban guardado. Así fue como busqué indagar la razón de su interés por las historias precortesianas.

—Curiosidad de villamelón —confesó el sexagenario Simónides.

—P'sesque luego se nos olvidan un chingo de cosas bien interesantes. Digo, vale culo la vida sin saber de nuestras pinchis *raices*, ¿o no? —asentó Cuauhtli, el sepulturero.

—Los antiguos viven en nosotros. Los modernos somos los antiguos redivivos. ¿Redivivos? Nadie muere del todo, nadie nace totalmente. Era el caso de Ruperto, el pobre, electrocutado bajo la tormenta. Usted lo ha escuchado —remachó Pedro Tilmiztli, cuyas manos semejaban dos costras de barniz.

—La honra se hereda, ¿verdad? Y uno se adhiere, ¿verdad? Con la gloriosa Chicome Técpatl no queda de otra…

Pero el carpintero Tilmiztli hizo callar al Cuatro.

—Ya estás pinchi pedo —lo reprendió el sepulturero con un coscorrón—. Se me hace que tú nomás mereces una pura chingada.

—¡Shh! —silenció el viejo Simónides con un manotazo en la mesa.

Dos horas después aquello era el pandemónium. Dos borrachos peleaban por ganarse los favores de *Fabiola*, que se contoneaba divertido al compás de la rockola del lugar:

Mi negra ven a bailar
al ritmo de este conjunto.
¡Qué bien que toca,
el Acapulco tropical!
¡Qué bien que toca…

Había una docena de beodos tirados en el piso. Monologaban entre los varios perros que bajo las mesas peleaban por las bazofias. Junto a mí Simónides y Cuauhtli dormían como benditos sobre el mantel ahulado. Era algo como el paraíso. El cielo por asalto que preconizó Karl Marx en 1871, sólo que aquellos desheredados eran felices y libres sin necesidad de la revolución. No arrebataban nada, simplemente se permitían flotar en los efluvios del ocle.

Tenía perdida la noción del tiempo. Otro aguacero y otra granizada habían aporreado el techo de zinc. Creí recordar que esa noche había un compromiso con Gina. ¿Una cena en casa de su familia? Mi estómago era un balón de enzimas. Estaba feliz pero estaba dormido, estaba dormido pero flotaba, flotaba pero no podía controlar los eructos.

—¿Y su carrito? ¿No que se lo iban a entregar hoy?

El Cuatro me obligó a revisar las manecillas del reloj. Me quedaba una hora, tal vez un poco menos, así que era el momento de abandonar.

—*Usté* no la verá —me advirtió el muchacho con tono amenazador.

—No veré qué.

—*Usté* no la verá —repitió apretando los párpados.

—No le haga caso, licenciado. El chaval está demasiado emocionado. ¿Emocionado? —amonestó el radiotécnico—. Recuérdese cuando joven; muchas hormonas y poco seso.

—Mi juventud fue de *mojado*, en Los Ángeles. El gusto de aprender —comenté cuando de pronto estalló el silencio.

La rockola había dejado de taladrar el aire.

—Ya el tiempo se encargará de enseñarle. ¿Enseñarle? —añadió Tilmiztli al zarandear la melena de El Cuatro.

Luego reprimió un bostezo a punto de asentar:

—Ha sido una tarde excesiva, hay que reconocerlo. ¿Reconocerlo?

En eso llegó *Fabiola* con la cuenta. Advertí el guarismo y me pareció correcto aportar la mitad. Saqué dos billetes y los entregué.

—Lo siento. Debo retirarme. Ya no llueve —me disculpé.

—Ay, rorro. ¿Así nomás nos dejas? —me retó el *muxe*.

—Me voy, me voy… Muchas gracias —y al levantarme de la mesa El Cuatro me sujetó por un hombro.

—Espérese, lo acompaño a la puerta. Que me dé el fresco.

Fuera de la pulquería la calle semejaba una albufera. Después de todo aquélla fue la tempestad y ése el antiguo vaso de Texcoco. Me iba a mojar los zapatos, había que darlo por descontado, además que mi reloj marcaba las seis treinta.

LOS DELIRIOS DE MEZTLI, leí en lo alto del local, asombrado por las figuras que antes no había advertido en la marquesina.

Eran siete sacerdotes aztecas sacrificando a una princesa; el corazón arrancado en lo alto y siete puñales de obsidiana apuntándolo. La escena me acrecentó el mareo.

—Usted no la verá —me despidió El Cuatro a punto de retornar con los suyos.

—Es lo que tú crees, chamaco —lo desafié—. Sí la veré y me acompañará por siempre.

Supuse que lo suyo era simple cháchara sofista.

—¿La quiere ver? —volvió a provocarme—. Se la enseño ahora pero se lo advierto: caerá muerto.

Le temblaba la voz, pero no por la tranca de horas. Algo misterioso parecía asomar detrás de su bizquera.

—Por mí no hay problema. Solamente que debo pasar antes por mi Datsun. Eso no tiene opción.

—Bueno pues… —y tensando la boca lanzó un silbido estridente.

Enseguida se presentó un taxi bastante deteriorado que aguardaba en las sombras.

—Quiúboles, Nicandro. Donde el señor diga —fueron sus indicaciones.

Minutos después descendíamos en el sector Cabeza de Juárez de la DGT. El taxista se negó a cobrarnos y se despidió de El Cuatro con una seña extraña: los puños girando, el índice y el meñique asomando como los cuernos del diantre.

—*Icnihuitli*, Nicandro. *¡Anej!*

Los encargados del corralón se percataron de la beodez que compartíamos, pero después del zafarrancho de la grúa, las multas, el radio sustraído y vuelto a instalar… optaron por entregarme el vehículo tal cual.

—Se la voy a enseñar nomás porque sabe de historia, licenciado. Me cayó bien desde el principio.

—Ver para creer, ya lo dijo el *dídimo* Tomás.

—Se va a espantar, licenciado. Pero luego chitón, porque si el *huey* Simónides se entera no la cuento.

—¿Entonces? —indagué una vez que salimos del corralón.

—Váyase derecho por esa avenida, la Guelatao, hasta que lleguemos a unas torres de alta tensión. Ahí arrancan los llanos de La Magueyera, y me despierta.

En ese punto El Cuatro se recostó contra la ventanilla. Momentos después ya siseaba al respirar.

Conduje tratando de mantener la concentración. No más de 40 kilómetros por hora, nunca la cuarta velocidad. La mayoría de los accidentes viales van escoltados por el alcohol, y mi caso... nuestro caso, iba a ser del todo ridículo.

Oscurecía ya cuando llegamos al predio. Se trataba, al menos en apariencia, de un almacén mecánico. En el lugar se guardaban dos tractores en desuso y otras máquinas. Alrededor sólo había yermo y varios pirules. A pesar del suelo salitroso, frente al terreno germinaba una milpa. Era la frontera del país agrario ante la marea del concreto. No lejos de ahí, en mitad de la llanura, se erguía un letrero que anunciaba «Unidad Infonavit-Tezonco, 1 km», y la flecha indicando el sur.

—Ojalá nos abra —comentó El Cuatro después de estacionarnos a un lado de la finca.

El terreno tendría unos dos mil metros de superficie y alojaba un establo de ordeña. Una cadena aseguraba el vencido portón y cuando la agité hubo otro ruido. Alguien se aproximaba pisando una vereda de tablas. Era Petrona, la encargada del lugar.

—Qué quieres, Cuatrito —indagó la mujer desde las sombras. La acompañaba un perro canijiento.

—Doña Petra, vengo con el licenciado, por lo del avalúo.

La matrona llevaba dos trenzas cuajadas de canas. Podría tener cincuenta años, aunque también setenta. Arrastraba un ropón que no conocía el detergente.

—Uy, sí; lo del avalúo —repitió al insertar la llave en el candado.

—El licenciado quiere echarle un ojo al terreno —comentó mi guía.

—De aquí no nos sacan más que cadáveres, ¿verdad, Cascabel? —pero el perro simplemente bostezó.

—Y disculpe la hora, ¿verdad?

—Ay, Cuatrito. Tu padre no lo hubiera permitido —y dirigiéndose a mí—: Usted quién es, licenciado. Y perdonando.

—Matías Verduzco, servidor.

—Es catedrático de universidad —advirtió mi acompañante—. Sabe mucho.

—Uy, sí; pero pasen, pasen. Ya me están mareando con su tufo.

Apenas ingresar, la encargada optó por dejarnos solos. Retornaba a su cabaña cuando soltó al aire:

—Ah, Cuatrito. Cómo fuera que me visitara tu padre. Porque Ruperto sabía…

Olisqueándonos los tobillos, el Cascabel nos acompañó en silencio. Un perro viejo, amigo de los ladrones. Dimos un rodeo entre charcos y tabiques, lapso en el que alcancé a distinguir un arado de disco y una trilladora inservible. Así llegamos a una extensa bodega, cuya puerta El Cuatro simplemente empujó.

En la penumbra se adivinaban cajas y muebles abandonados. Olía a moho y orín de gato. El muchacho se adelantó entre las sombras para encender un candil que pendía del techo. Originalmente había sido de aceite pero tenía adaptado un foco. Así pude reconocer los trastos más diversos bajo una capa de polvo… machetes arracimados, el asiento posterior de un Volkswagen, cinco tambos oxidados, varias llantas reventadas, un cajón metálico para enfriar refrescos, una silla de montar atacada por la polilla.

—No lo merece usted —volvió a intimidarme—, pero la va a mirar. ¿Me ayuda?

Acudí en su auxilio pues el muchacho trataba de empujar el cajón de refrescos. Entonces el perro soltó un ladrido, reculó y se fugó entre gimoteos.

El baúl metálico estaba invadido por el orín pero aún mostraba el trazo de la marca Lulú. Permanecía asentado sobre dos tablones curtidos que retiramos entre jadeos. A la vista quedó una oquedad que de inmediato nos contagió una emanación de humedad. El nicho estaba revestido de ladrillos y en su interior había un fardo protegido con costales. Su longitud superaba mi estatura.

—*Onaualchiu*, Tonantzin —murmuró para sugerirme, ándele, desempaque.

Desaté el mecate que lo ceñía y procedí a retirar los sacos. Olían a resina. Una vez liberado quedó un bastidor envuelto en lienzos de plástico negro... que pesaba. Apoyé una de sus aristas en el piso a fin de concluir el desembalaje.

—¡Madre mía! —proferí entonces, y me fui de espaldas.

El Cuatro, que estaba preparado, sujetó el armazón.

Era la imagen de nuestra Señora de Guadalupe.

—La robamos cuando el temblor de 1957. El 28 de julio, aprovechando el alboroto de esa madrugada.

No lograba salir de mi asombro. ¡El retrato milagroso del cerro del Tepeyac!

—En esa fecha no habías nacido —tardé en rebatirlo, aún estupefacto.

—No, claro que no; pero la Chicome Técpatl sobrevive por siempre.

—¿De qué me estás hablando?

El Cuatro parecía resucitado. Ya no mostraba, como yo, los efectos del pulque.

—En la secta siempre somos siete, ¿verdad? —me advirtió apoyándose en uno de los tambos—. Heredamos el secreto de viejos a jóvenes porque siempre tendremos sentenciada a la Señora —y señaló el retrato—. Por falsaria —acusó.

—¿Qué estás diciendo?

El muchacho se apoltronó en una butaca de desecho y esbozó una sonrisa. Entonces procedió a relatar la historia de su oscura hermandad.

Intentaré reconstruir aquí sus palabras que —ya lo he mencionado— utilicé como sustento para escribir *Buscando a Guadalupe*. Desde luego que en mi libro mezclo crónica y fábula, páginas quebradizas de los siglos XVII y XVIII que revisé en decenas de archivos, y los ardides narrativos que aprendí con el puntilloso John Gardner. La escritura durante esos dos años en los que creí enloquecer.

A continuación procedo a exponer la saga de esa apocalíptica hermandad.

Chicome Técpatl quiere decir «siete cuchillo». O mejor: «séptimo puñal de obsidiana», de sílex, de pedernal. La secta fue fundada hacia 1560 por un tal Pedro Acatzin, que se decía último guerrero de la guardia pretoriana de Moctezuma. Aquélla fue la Ce Técpatl, a la que luego sucedió la Ome Técpatl, de modo que cada vez que en la cofradía moría el veterano se renovaba con el más joven. Ahora, desde 1946, el *koli* de la hermandad ha sido Simónides Azcatl («Hormiga colorada»). Él fue quien organizó el robo de la Guadalupana, a toda prisa, apenas ocurrir el sismo de 1957.

A las cuatro de la madrugada, cuando aún persistía la turbación que provocó la sacudida, se presentaron en la antigua basílica aduciendo que eran inspectores del gobierno capitalino. Dizque debían cumplir con una «revisión técnica» del inmueble, y los dejaron entrar. Una hora después, al amparo de las sombras, ya habían trepado en el altar mayor para consumar el despojo. Guardaron el retrato dentro de unas mantas que habían llevado ex profeso y se retiraron a bordo de una camioneta *pickup*.

A la mañana siguiente, al enterarse del sacrilegio, el padre Mariano Santiesteban, que fungía como abad del santuario, decidió guardar secreto ante la atrocidad. No levantaron ninguna denuncia ministerial. Cuando la feligresía comenzó a preguntar, se avisó que todo estaba en orden pues un equipo de especialistas había retirado la imagen para hacerle «labores de restauración». En su lugar pusieron una fotografía en blanco y negro. Semanas después, en absoluto sigilo y con la aquiescencia del Vaticano, repusieron la imagen milagrosa con la réplica (una de varias) que pintó Miguel Cabrera y que le había sido enviada al papa Próspero Lambertini, Benedicto XIV, en el invierno de 1747. Un vuelo especial de Alitalia se encargó del traslado. Todo en completa reserva.

O sea que —como sostengo en mi libro— la gente venera una imagen *falsa*, pues la original y milagrosa que *se imprimió* en la tilma de Juan Diego Cuauhtlatoatzin, permanece secuestrada desde aquel aciago domingo de 1957.

¿Por qué la cofradía de los Técpatl incautó el sagrado ícono? La respuesta se remonta a los días de las legendarias apariciones, en diciembre de 1531, cuando la evangelización arrasaba con el culto idólatra de los indios conquistados.

Como ya se ha explicado, uno de los ritos principales en el México antiguo fue el que se practicaba en las faldas del cerro de Tepeacac, después llamado Tepeyac. Ahí existía un templo dedicado a la madre de todas las deidades, Tonantzin, es decir nuestra madre (*Tona*) pequeñita (*tzin*). En el escrito *Nican Mopohua* («Aquí se cuenta») de 1649 —editado por Luis Lasso de la Vega, vicario del Tepeyac— está la relación del milagro que desbancó, por la vía de los hechos, al rito antiguo: el de emprender largas peregrinaciones para visitar a Tonantzin, la diosa de la fertilidad. Es decir, el culto a la Virgen María de Guadalupe suplantó al de la legendaria deidad mexica, madre de Quetzalcóatl. Heredaría el mismo lugar sagrado y las mismas formas de advocación; *Madrecita Nuestra*, *Protectora de los Mexicanos*, *Patrona de Anáhuac*. Ya está dicho; el primer obispo de México, fray Juan de Zumárraga, pretendidamente consumó el portento divino. Fue quien habría presenciado la impronta del prodigio, quien observó las inexplicables rosas de Castilla vertidas por la tilma de Juan Diego, quien garantizó el milagro del Tepeyac, el primero en América.

El mirífico prodigio consistía en que la Virgen de Extremadura se habría trasplantado desde el señorío de Cáceres hasta el de Cuautitlán… aunque el octogenario fraile nunca escribió una línea al respecto. De ahí la tradición de los anti-aparicionistas; entre ellos el piadoso Francisco de Bustamante, el fraile Bernardino de Sahagún, el locuaz padre Servando Teresa de Mier —quien propuso que Quetzalcóatl era en realidad Santo Tomás predicando en el territorio primigenio de la Nueva España, de modo que la Virgen María se disimulaba detrás de la Tonantzin—, vamos, el mismo abad Guillermo Schulenburg Prado, con quien conversé varias veces en 1982. La lista es interminable.

Extremeño fue el conquistador Hernán Cortés —por cierto— cuando la Virgen española también habría hecho aparición en su terruño. Un pastorcillo, de nombre Gil Cordero, fue el elegido por la Madre de Jesús, de modo que hacia 1326 inició la veneración hispánica. La leyenda refiere que el mentado pastor, «luego de buscar una vaca, que se le había perdido, vio que una Señora Radiante asomaba entre los arbustos indicándole el sitio donde se le debía construir una capilla». Ahí mismo, donde corría el arroyo nombrado por la tradición árabe y latina como Guadalupe (*Wad*, «río»; *lux-speculum*, «espejo de luz»), ocurrió el portento. Ese sitio, en la proximidad de Cáceres, es igualmente santo y venerado. De modo que el milagro, y el rito, se reproducen en ambos continentes como una suerte de espejo (otra vez) ultramarino.

La secta Técpatl declaró la guerra a la Guadalupana por haber desplazado a Tonantzin, la *Madrecita Original*. Le rendían culto en secreto, practicaban sacrificios de diverso tipo, incluso humanos, con borrachitos que secuestraban en las pulquerías. ¿Van comprendiendo? El ídolo de la Tonantzin permanecía oculto en una cueva del cerro Tláloc, al norte de la cordillera nevada, muy cerca de San Pablo Ixayoc. Por ello, porque la «Virgen forastera y falsaria» había relegado a Tonantzin, fue que decidieron secuestrarla del altar en la basílica. Eliminándola de ese modo —fue lo que imaginaron— el renacimiento del culto a Tonantzin se daría de manera natural. Un robo que ya tenían fraguado desde tiempo atrás… cuando el terremoto se presentó como la oportunidad del siglo. Sólo que no contaban con la pintura de Miguel Cabrera, que descolgada del oratorio privado del pontífice Eugenio Maria Giovanni Pacelli fue a izarse en el santuario del Tepeyac. Una pintura que, de tan idéntica, zanjó los rumores que comenzaban a correr.

Y así han permanecido las cosas, máxime que al fundarse la Cofradía Nacionalista del Tepeyac (los defensores subrepticios del rito guadalupano) se mantiene una guerra secreta, de muy baja intensidad, entre ambos fanatismos. Y yo, en medio, sufriendo los embates de ambos bandos.

«¿Eso es el avalúo?», preguntó doña Petrona al reaparecer en el galerón.

El Cuatro y yo procedíamos a regresar el cajón de refrescos a su sitio.

—Sí, ya terminamos. La cosa es que al licenciado no le parece comprar completo con tanto cachivache, ¿verdad? —y me endosó una mirada de connivencia.

—Allá ustedes, aunque ya te digo, Cuatrito. De aquí sólo cadáver me sacas… sólo cadáver. Y que conste.

En ese momento el Cascabel retornó con nosotros. Gimoteaba como queriendo indagar si ya habíamos terminado con el rastreo. Fue cuando a través de un reflejo descubrí la emboscada.

Había un aparador con vitrina, bastante desvencijado, y en una de las estanterías un espejo roto donde percibí el guiño que mis anfitriones se hicieron con la mirada… «¿Sí?» «Sí.»

El perro, que de seguro conocía el trámite, comenzó a ladrar al aire. Entonces vi, entre las sombras, que la matrona escondía un machete detrás del faldón y se acercaba hacia mí. Todo había sido una treta. No sé de dónde saqué fuerzas cuando di un empellón a El Cuatro, que se precipitó contra las butacas. Eché a correr. Al salir del galerón descubrí una mesa larga y sobre ella dos puñales de obsidiana...

Seguí corriendo a ciegas, resbalando en el fango, y salté sobre el portón. Me zambullí dentro del Datsun y apenas encenderlo aceleré como poseído. Sudaba, me temblaban las manos, escurría adrenalina.

Minutos después, al retomar la calzada Ignacio Zaragoza, me fui calmando. ¿Un bizco iba a sacrificarme para cumplir su rito de idolatría? Me propuse no pensar más en ello. Abrí la ventanilla a pesar de la llovizna y respiré profundamente. Busqué un Pall Mall en el bolsillo de la chamarra. Necesitaba fumar. Además, tenía una historia.

Tras soltar la voluta de humo encendí el tocacintas. Para mi sorpresa el aparato llevaba insertado un casete de Lupita D'Alessio, que comenzó a entonar «...y como principio, borraré tu nombre. Voy a hacer de nuevo como a mí me gusta. Se acabó mi pena, se acabó mi angustia. Quitaré de en medio todo lo que estorbe, y como principio borraré tu nombre...». Era de la marca Pioneer, con *auto-reverse*.

Borraré tu nombre. Qué sabiduría.

Durante semanas cargué la experiencia en la sangre. No hallaba qué hacer con el suceso. Una noche, luego de una parranda con Ezeta en los bares de la Zona Rosa, desperté a media madrugada empapado en sudor. «Iconoclastas», fue la palabra que brotó de mi garganta, y supe que aquello —el escarmiento— podría convertirse en una obra trascendente. Un libro que contara, paso a paso, aquel suceso. La Virgen robada, la Virgen espuria, la Virgen primigenia. En un momento de debilidad pensé en acudir con mi padre, que me guiara sobre los derroteros que podría seguir en la confección de ese libro. «¿De qué trata?», me preguntaría con su natural desenvoltura. «De alguien que está, no sé, buscando a Guadalupe, la Virgen», le hubiera respondido. «Ahí tienes, al menos, el título», me habría sermoneado. «¿Qué esperas? Siéntate a escribir.»

A partir de ese momento aproveché mi tiempo libre para avanzar en la investigación del fabuloso enredo. Me entrevisté varias veces (ya lo dije) con el abad Schulenburg, quien mantenía una doble actitud respecto a la existencia del indio Juan Diego. Privadamente se inclinaba más por la versión de que el autor del retrato de Guadalupe habría sido el talentoso indio Marcos Cípac, lo que ponía en entredicho la existencia del milagro. Públicamente su posición era distinta, de una ambigüedad desesperante. Sin embargo, cuando le mencioné el asunto de la secta de los Técpatl, saltó de la mesa y tiró la taza de café. Me lanzó una mirada de estupefacción. «Qué está usted diciendo», que no sonó a pregunta.

Revisé todo tipo de cartas, documentos y códices en el Archivo Histórico de la Basílica de Guadalupe, en la Biblioteca Teológica Lorenzo Boturini y, desde luego, la Hemeroteca Nacional y la biblioteca de El Colegio de México, de donde a las diez de la noche, arqueando sus bigotes como la cal, me corría don Ario Garza Mercado.

Buscando a Guadalupe fue publicado por la editorial Diana en octubre de 1982 con un tiro de cinco mil ejemplares. En diciembre hubo una reimpresión, otra en febrero… de modo que para el verano de 1985 llevaba ya nueve reediciones que sumaban 20 mil ejemplares. No he logrado superar al legendario libro de Damián Ceniceros, *¡Me quedan cinco tiros!* En cuarenta años mi padre lleva más de veinte reediciones en diferentes imprentas: Ediciones Botas, Porrúa Hermanos, Empresas Editoriales, Salvat, Diógenes y Grijalbo. Nada que ver.

Una mañana, dos años después de aquel zafarrancho, me armé de valor y retorné a la avenida Guelatao. La Cabeza de Juárez permanecía inamovible pero el entorno se había transformado.

Las calles de tierra estaban pavimentadas, las antenas de alambre habían sido sustituidas por parabólicas y en el lote donde doña Petrona velaba aquel depósito de chatarra había un conjunto de condominios a punto de ser terminado. El letrero lo explicaba todo: «Residencial Tezonco / 50 lujosos departamentos de 2 recámaras, en preventa. Un cajón de estacionamiento, pisos de parquet, cisterna comunitaria de 5 mil litros para suministro suficiente. Aceptamos Créditos Fovissste». O sea, cada apartamento tendría la garantía de cuatro cubetas de agua.

Y de la sepultura del milagro del Tepeyac, nada. Todo un misterio.

Luego me dirigí a la pulquería aquella, Los Delirios de Meztli, en la colonia Citlali. Estaba en abandono, posiblemente clausurada. En la marquesina donde el ritual de sacrificio me impresionara sobremanera, la sangre se había desteñido. Ahora los hechiceros y sus puñales de obsidiana semejaban el anuncio de un circo en ruinas. Observé que un perro viejo deambulaba por la banqueta. Se parecía al retraído Cascabel de otrora olisqueando mi pantalón, pero no; imposible. Por cierto que meses atrás, una tarde en la peluquería hojeando la revista *Alarma!*, creí reconocerlo... (Sí, los historiadores leemos todo tipo de publicaciones, no solamente los escritos de Guillermo Prieto y Paul Johnson).

Fue hace un año, antes de la adversidad. En una página de interiores había una foto de espanto: dos infelices degollados al borde de una milpa. Una gráfica nocturna, el golpe del flash desdibujándoles el rostro y la nota al pie celebrando con saña: «Anónimos, borrachos, miserables... ésos fueron sus pecados. Estos dos presuntos albañiles, que no poseían más que su miseria, fueron así hallados en los andurriales de Chalco. Sin documentos, sin redención y sin culpable a la vista; como tantos miles más». Creí reconocer entonces a uno de ellos. Aquella mirada estrábica era demasiado peculiar, aunque en ese momento estuviera fija por siempre en el infinito. ¿El Cuatro? Nunca lo sabría, ¿verdad?

El 26 de abril de 1986 fue funesto en todo sentido. Era un sábado alegre, soleado, en el que la primavera nos obsequiaba un «veranillo de Santa Zita», como lo anunció la radio. Había aprovechado la mañana para visitar el museo de Carnavalet, a la vuelta de casa, donde me había citado con dos amigos del curso en la Sorbona. Maurice y Sophie. Ella un poco anarquista, él definitivamente reaccionario; pero se querían y ya hacían planes para visitarme en México.

Aquel sábado la orquesta de cámara Ensemble InterContemporain ofrecía un concierto en el Patio de la Victoria, dentro del museo. Sophie y Maurice habían conseguido los boletos y me invitaban. El programa incluía tres piezas de estruendo: *Répons*, de Pierre Boulez (para la cual debieron traer un segundo piano); *Tierkreis, doce melodías para el Zodiaco*, de Karlheinz Stockhausen (no propia para dormilones); y *The Perfect Stranger*, de Frank Zappa, que incluía el uso de un sintetizador. Estupenda, exultante.

Yo había aprovechado, como siempre que voy al museo —situado en el antiguo Palacete de madame de Kernevenoy, que el vulgo transformó en «Carnavalet»— para visitar el segundo piso del inmueble. Ahí es donde se exponen las obras del siglo XIX, y donde reposa mi amadísima Juliette Récamier. Fue la hermosa mujer (o hija, según los maledicentes) del prominente banquero Jacques Récamier. El pintor François Gérard la retrató con ropajes griegos, y seguramente se enamoró de ella. Por cierto que Gérard fue el retratista de su tiempo. Napoleón, el duque de Wellington y madame de Staël posaron para él, además que ejecutó la apoteósica *Batalla de Austerlitz*, que se exhibe en el Palacio de Versalles. Pero Juliette me esperaba dentro de lo que parece un baño de los tiempos clásicos, seductora como siempre en su diván etrusco.

Después del concierto fuimos a comer a un restaurante italiano. Canelones rellenos de carne picada, un chianti Gabbiano y un *zuccotto* adornado con frambuesas. A pesar de ello, cuando celebrábamos la sobrevivencia de nuestros oídos, la mesera del lugar llegó con la cuenta y la sombría noticia. «¿No han oído? Parece que ha habido una explosión nuclear en el centro de Rusia. Las noticias no precisan si fue un misil o un artefacto de la guerra galáctica de mister Reagan. Parece que la conflagración mundial está a punto de iniciar.»

Siempre hay gente exagerada, mitómanos que asoman a la menor provocación.

Luego de eso Maurice y Sophie se fueron a lo suyo y no me quedó más que retornar a mi conejera en la rue Elzévir. Ahí me esperaba John Irving en la página 221. *El mundo según Garp*, que podría ser mi autobiografía (nacimos el mismo año), así que me tiré en el sofá junto a la ventana a leer y dormitar y, desde aquel cuarto piso, disfrutar mi soledad. La tarde, por cierto, era extraña. Había algo en el aire; el cielo se había tornado amarillo, ceniciento. El veranillo concluía.

Madame Lebrija llegó justo cuando la penumbra se apagaba. «Que le llaman, *monsieur le mexicain*», dijo en voz alta. Larga distancia. Todo castamente impersonal pues yo carecía de servicio telefónico y las emergencias, «verdaderas emergencias», eran comunicadas al teléfono de la oronda conserje.

Bajé con ella y fue cuando escuché por primera vez aquella referencia, Chernóbil. «Ha estallado una planta nuclear en la Unión Soviética; y no saben qué hacer.» Francisca Lebrija escuchaba la radio todo el tiempo, 100.7, *Radio Notre-Dame*, estación más bien católica, «porque ahí no dicen sandeces».

Al tomar el auricular reconocí de inmediato la voz del licenciado Ezequiel Tavares. Lo imaginé en su oficina austera, los altos ceniceros de bronce y el cuadro de Daniel Egerton reproduciendo la dársena de Veracruz.

—Buenas noches, licenciado —lo saludé.

—Tardes, por acá. Todavía no comemos, maestro Verduzco. *Comment ça va?*

—Bien, no me puedo quejar. Hoy fui a un concierto de música contemporánea. Tocaron una pieza extrañísima de Frank Zappa.

El silencio fue la prueba de que no sabía de qué le estaba hablando.

—No se aburre, por lo que veo. ¿Ya se consiguió una vieja?

Miré a madame Lebrija, que guardaba con toda morosidad las tazas en el aparador.

—Más o menos —debí responder—. Pero no se preocupe, los depósitos están siendo puntuales; muchas gracias.

—A primera hora de mañana cobre el dinero que le depositamos hoy, y despuesito (se escuchó que chasqueaba los dedos), se me larga de ahí. Ya lo encontraron.

—¿Perdón?

—Lo que está usted escuchando. El reporte me lo trajo esta mañana Torres Lucero, del departamento de los Lupitos… Y como le digo. Hallaron su paradero los cabrones esos de la Cofradía del Tepeyac. Hoy mismo despegaron rumbo allá. Son dos, y van por usted, como le digo. ¡Lárguese ya!

—Pero…

—¿No recuerda? Están buscando su anulación. Así operan ellos, cabrones fanáticos… Y usted también.

—Yo, qué.

—Pues quién le manda publicar esas insolencias. En fin, ya le digo… Nosotros cumplimos con avisarle. Váyase de ahí ahora mismo, y ya después nos comunica su nuevo paradero. Esfúmese, hágase ojo de hormiga, escóndase «donde nadie lo juzgue, donde nadie le diga que está haciendo mal», como dispone José Alfredo en lo más recóndito de su cantina. ¿Me está entendiendo?

—Oiga, yo pensé que serían los de la Chicome Técpatl, que tampoco me la perdonan.

—Igual sí. Unos y otros, no lo tenemos muy claro, pero andan buscándolo para darle *crank*. ¿No inventaron por allá la guillotina?

—Muy gracioso... Pero sí —comencé a sudar frío—, procederé como me está indicando.

Había respondido con acento enigmático, de modo que la mujer de Torrelodones arqueó las cejas.

—Ah, y se me olvidaba preguntar —el licenciado Tavares se habrá atusado su bigotillo—: ¿Está escribiendo algo?

—Preparando un manuscrito, sí. Juntando materiales; no es fácil.

—Pues apúrese. Me gusta su estilo. Escriba algo interesante... ¡y lárguese de ahí! ¿Me oyó? Adiós.

Me despedí cuando el golpe del auricular sonó desde el otro lado del Atlántico. Era de no creerse. La Cofradía del Tepeyac en pleno vuelo hacia la Ciudad Luz.

—¿Y ahora, quién ha muerto?

—No, nadie. Nadie todavía.

Madame Lebrija se arreglaba la cabellera. Había apagado el televisor y me miraba con algo que podríamos llamar compasión.

—Estás más pálido que ese mantel, Matías. ¿Quieres un coñac?

—Sí, por favor. Hay algo que le quiero decir...

Bajo las estrellas de Chernóbil

Ligero de equipaje, como lo prescribió el poeta andariego, partí de París. Eran las 12:40 cuando la locomotora dio el tirón. La Gare du Nord, mi veliz en la rejilla y en mi gabardina el pasaporte, el billete de primera y los 30 mil francos que acababa de cobrar gracias al giro bancario. Mi idea era llegar al puerto de Le Havre, zarpar en un ferry y desembarcar en Portsmouth. Ya después, sobre la marcha, decidiría si Londres o Liverpool. ¿*David Copperfield* o el *Paperback Writer* de Lennon y McCartney?

Le había encomendado a madame Lebrija el resto de mis pertenencias. El aparato de música, mis libros, el abrigo color rata que había comprado en los saldos de un *dégriffé*. Que me guardara todo por unas semanas, «y si llegan otros paisanos a preguntar por mí», le advertí, «que me he ido a Italia hace un mes».

Poco después de abandonar la estación me percaté de la afinidad de las fisonomías urbanas. Algo así como anillos concéntricos en una progresión de riqueza-pobreza alternándose alrededor de la ciudad. La rancia opulencia del centro parisino (urbanizado a pico y barreta por el barón de Haussmann) al que sigue el *bague rouge* obrero que es el soporte electoral del PC Francés. Y luego los suburbios de la pequeña burguesía que tiene dos autos (Champigny sur Marne, Noisy le Grand, Argenteuil), a los que continúan los *banlieues* de los gitanos y los argelinos.

Lo mismo que en la Ciudad de México —hay que recordar— porque luego del proverbial barrio de la colonia Roma-Juárez y Anzures, donde habitó la aristocracia porfiriana, sigue el anillo plebeyo de la colonia Portales, la Obrera, Tepito, Tacuba y Tlalnepantla, donde dormía la «gente de servicio» de los ricachones de antaño. Y luego, otra vez, un segundo círculo donde anidaron los nuevos ricos que produjo el «milagro mexicano»: el pedregal de San Ángel, las Lomas de Chapultepec y hasta Ciudad Satélite; para toparse de nuevo con otra franja de proletarios: Iztapalapa, Ciudad Neza, los pedregales de Santa Úrsula y Santo Domingo, las cañadas de Contreras y al norte Xalostoc, Coacalco, Tecámac y Ecatepec. Unos desplazando a otros en una lucha, si no de clases, sí de privilegios y carencias, jardines y terregales, vigilancia privada y delincuencia pública. Guetos de apremiante interdependencia, vecinos odiosos en simbiosis. Indispensables.

Necesitaba pensar en otra cosa. Telefonear al pequeño gran Gabriel, a mi hermana Yoris, a Metaca tan ufano (quiero suponer) en mi escritorio de la Conaliteg. Fui al vagón-cafetería y pedí un capuchino, que me sirvieron con dos galletas danesas. Entonces recordé a Xóchitl María, mi madre, que viajaba conmigo sobre la rejilla del compartimento. Es decir, aquellos 400 gramos de ceniza rebotando dentro de la caja de galletas Mac'Ma.

Ay, madre mía... y yo que prometí devolverte donde los tuyos en Astorga.

El paisaje corría a cien kilómetros por hora. No era un tren de alta velocidad; se detenía a cada rato en poblados mínimos pues había sido el primero en abandonar el andén. Entonces, al ocupar una de las mesillas, observé a dos muchachas sonrientes.

Tendrían veintitantos, viajaban mochila al hombro y no parecían, ciertamente, francesas. Tal vez checoslovacas, o suecas; el golpeteo fricativo de su charla era delator. Llevaban sendos tulipanes amarillos envueltos en celofán y conversaban mirando constantemente sus relojes. Todo un misterio. No serían ellas, con toda seguridad, mis homicidas.

Bostezaba mientras el paisaje me ofrecía contornos de bucolismo edulcorado… huertas fecundas, piscinas plastificadas, suburbios risueños. Preparando mi trastornada fuga no había dormido casi nada y los ojos se me cerraban.

Dejé pagado el alquiler por lo que restaba de abril y todo mayo. Ignoraba mi ventura, ésa era la verdad. Pobre madame Lebrija, no comprendía nada aunque así estaba bien. También di otras indicaciones: si en dos meses no retornaba, que se deshiciera de todo. Que lo malbaratara o lo conservara para sí, como había hecho con el servicio de té de Nicos Poulantzas. Eran cuatro piezas de porcelana laminada con oro y una rosa envolviendo el recipiente. En esas preciosas tacitas ella preparaba sus cortados con Bobadilla 103. ¿Qué haría esa mujer jamona con mis ceniceros sustraídos del hotel Ritz de Acapulco? Dos sombreritos de barro ceniciento.

El tren desaceleró. Llegábamos a Pontoise, un apacible pueblito ribereño del Oise, que es un afluente del Sena. La corriente discurría deliciosamente arrastrando una barcaza con dos Citroën *deux chevaux* en la cubierta. «Cuando sea viejo como mi padre», me dije, «vendré a morir aquí.» Luego de cruzar el puente nos detuvimos en el andén, y fue cuando observé que las muchachas se alistaban para apearse. El convoy se puso en marcha nuevamente y minutos después volvió a disminuir la velocidad. Había un letrero en la nueva terminal, «Auvers», y una tercera chica se anexó a las suecas. También cargaba un tulipán amarillo. Entonces vi un anuncio sobre la taquilla de la estación y lo comprendí todo. Se trataba del mítico Auvers sur Oise donde Van Gogh pasó sus últimos días. No lo pensé dos veces; bajé mi equipaje de la canastilla y descendí del vagón.

Eran las dos y una tibieza repentina se apoderaba de la tarde. Además que un aroma de flores silvestres y alguna cafetera recién colada flotaba en el aire. Observé que otros dos turistas se unían al cortejo de las jovencitas, que deambulaban en desafiantes shorts. Lacónicos letreros marcaban la visita; «A la iglesia», «A la casa», «Al cementerio». Me anexé al grupo con mi ridícula maleta en mano, y comencé a remontar el sendero. Los pretiles que acompañaban el camino eran de mampostería y entre sus piedras asomaban los rizos de las vides. Seguramente que serían vendimiadas en agosto, cuando yo estuviera muerto, como Van Gogh en el tristísimo 29 de julio de 1890.

Minutos después me vino el pasmo. La colina terminaba en una meseta sobre la que se erguía la parroquia de Auvers. ¡Era la famosa iglesia pintada por Vincent una semana antes del pistoletazo! Aquel funesto verano —las diez semanas en que realizó sus mejores cuadros— y que ahora la tibieza de esta primavera parecía anunciar.

Había dos mujeres garbosas paseando por el atrio (seguramente que turistas), un lugareño fumando a la sombra del parque, una vendedora de tulipanes que me alcanzó. *Combien?*, y le entregué los dos francos. El botón de lirio despuntaba ya sus tonos naranja y granate. Daban ganas de morderlo. Le solicité a la florista que posara para mi Yashica. No sería la primera ocasión que se lo pedían, pues llevaba una cofia campirana para asemejarse, quizás, al personaje que discurre en la pintura de Van Gogh. Preparé la cámara y le hice dos retratos. En la distancia las dos mujeres del prado —que llevaban sombreritos amarillos— sonrieron ante mi frescura. Luego hice otras fotos para retener el encanto del momento: el paisano encendiendo un nuevo cigarro, las suecas (o checoslovacas) bromeando mientras correteaban por los campos de trigo ahí en lo alto.

En el parquecito había un cartel con la reproducción del cuadro original, de modo que el visitante podía apreciar lo que fue aquello hace un siglo (cuando aún no existían los automóviles) y lo que es hoy en que la planta nuclear de Chernóbil arde incontrolable. Una vez más la querella entre iconódulos e iconoclastas.

Opté por seguir a las visitantes, que me dispensaban miradas inoportunas… «Pobre mimo cargando el veliz y la flor como un personaje de Magritte.» *La petaca y el tulipán*, podría llamarse la representación, y detrás de mí los facinerosos queriéndome arrancar el corazón... *Sí, el corazón (con que vivo). Estiletes de sílex, alcáncenme si son tan hombres. Cultivo un tulipán escarlata, para el cruel tras mis pasos, y como el afligido Vincent lo iré perdiendo todo: la oreja derecha (era zurdo), el sosiego, el dinero, la fe, los amigos. La vida lo último...*

Me había quedado dormido en una banca fuera del cementerio. La tarde entibiaba, calor de 24 grados, y mi cabeza reposaba sobre la maleta de lona. Me despertó un murmullo en el sendero. Eran las checoslovacas (o suecas) que se retiraban aguantando la risa. Miren al borrachín mexicano, Cantinflas no es un engaño, país de chiste y resaca.

Los sepulcros de los Van Gogh están dispuestos en paralelo. Sus lápidas son escuetas, sólo mencionan los nombres y los años cruciales. La tumba de Theo —que murió de tristeza (y sífilis) un año después que su hermano— sólo mostraba un tulipán. La de Vincent, como es de suponer, tenía docenas desparramándose sobre el túmulo. «Ah... mi querido Theo», le escribió a su mecenas dos años antes de sucumbir, «¡si vieras los olivos de esta época! El follaje de plata verdeante contra el azul del cielo, y la tierra labrada de tonos anaranjados. Es algo muy distinto de lo que el Norte nos ofrece».

Fueron cerca de ochocientas las cartas que envió Vincent a su hermano menor; todo para demostrar que trabajaba, para solicitarle dinero, para aparentar que no se dejaba vencer por la monomanía. Que se aferraba a la vida.

A las cinco empezó a refrescar. Hice un par de fotos más y retorné al centro de la aldea. Comí en la Posada Vincent, donde resulta que se hospedó el genio holandés. Ahí mismo, en la segunda planta, está su escueta habitación: una cama simple, ninguna ventana, una silla de paja bajo la estrecha mesa. También un candelabro apagado, una estera sin gracia y en el techo un tragaluz por el que es posible mirar el paso de las nubes contra el infinito. Ahí fue donde la melancolía, el abandono de Dios y la ausencia de amor terminaron por apabullarlo.

La posada tiene una terraza amparada por un toldo. Varias mesitas con sillas metálicas y en la principal, donde nadie se sentaba, se exponía una copa de vino entibiándose al sol. «Es el vaso de monsieur Van Gogh», me previno la mesera. «Se le sirve todos los días.»

Comí sin demasiado apetito imaginando ya mi travesía nocturna hacia la isla británica. Todo era una locura. La del holandés mocho y la de este prófugo transgresor. Pedí un combinado de *moules et frites* y una copa de tinto. Los mejillones estaban un tanto tibios, yo era el último cliente. Me cubría ya con la gabardina cuando una curiosa pareja llegó al establecimiento.

Eran dos cincuentones irlandeses anunciándolo en el trébol de sus camisetas. Llevaban botas de excursionista y las mochilas terciadas. Se cubrían con dos boinas verdes y sonreían para todo. Preguntaron si podían pernoctar ahí, que «estaban haciendo el camino» —dijeron en mal francés, *nous faisons le chemin*—, y que comerían lo que tuvieran a bien ofrecerles. La mesera, una venerable lugareña más bien fea, los dejó estar. *Moules et frites*, los previno, y sopa de cebolla. Ocuparon la mesa contigua a la mía y esperaron compartiendo el agua de una cantimplora. Se mofaban uno del otro, divertidos, enjugándose el sudor.

—*Et vous, la faites avec cette valise?* —me preguntaron señalando la petaca.

No supe qué responder. Cómo decirles que era un errabundo expulsado del sosiego por un horrendo maleficio. *J'ai trouvé un chat à tête de chèvre.* ¿Así se dice? No iban a creerme. ¿De qué país procedía? ¿Un gato con cabeza de chivo sobre una cruz de sal? Me dirijo a Le Havre, precisé.

—*Ah, nous faisons le chemin* —insistieron.

¿El camino? ¿Qué camino? En eso retornó la mesera con la botella de Beaujolais. «De Santiago», aclaró ella mientras escanciaba sus copas. *Santhiaghó*. El camino de Santiago.

Recordé entonces a Xóchitl María, mi madre, en aquellas conversaciones de sobremesa. El abuelo Elías y su hermano Manuel, que lo hicieron siete veces.

Oh, *oui*, dije, y vi mi redención.

Lo mío era una cuenta pendiente. Alcé la vista al firmamento y comprendí, por fin, el enigma que guarda la desolación infinita de Van Gogh.

Retorno a mi cama en el hotel Méjico. Amanece, he dormido poco y mal. Todo el edificio huele a chipirones fritos (¡desde esta hora!). Deben de tener un problema con el extractor de aire. Los «chipirones», por cierto, son los calamares diminutos que los gringos denominan *baby squid* y que abundan aquí mismo, asomando fuera del estuario. Es lo que presumía anoche el capitán de meseros. Las barcas deben adentrarse unas millas en el Atlántico porque dentro de la ría la única captura legal es la del mejillón, que se cultiva en plataformas que llaman «bateas». En fin, así me lo explicaron.

Pensé que anoche, al reconocer su foto, iba a llorar como el moro. Pero lo único fue el insomnio, y el reflujo, porque los calamares rebozados son una bomba pringosa. Y la botella de Lusco, un albariño frío que me hizo creer que el sueño sería cosa natural.

Así que volvamos al camino. El Camino, con mayúsculas.

Para el martes, que fue 29 de abril, la consternación era planetaria. La explosión de la planta nuclear «Memorial Vladimir I. Lenin» había tenido alcances inimaginables. Se hablaba ya de un centenar de muertos, de la información retenida con hermetismo por la aterrada KGB, de la pretensión golpista de una facción de generales ante la incapacidad de Gorbachov. «El país se le va de las manos a Mijaíl», había leído en la página editorial de *Egin* mientras bebía una caña de cerveza.

Permanecía apoltronado en un silloncito metálico frente a la plaza Zumardía. Es decir, en vez de dirigirme al puerto de Le Havre había optado por torcer hacia Donostia (que los castellano-parlantes denominamos San Sebastián). Supuse que al pasar la frontera del País Vasco encontraría las trazas del legendario peregrinaje. Era la coyuntura para mi salvación: montarme en el Camino donde nadie, ni yo mismo, sabría de mí.

Lo primero fue hacerme de un par de botas, una mochila, un anorak, una bolsa de dormir y un sombrero. En los cajones de la Pensión Ugalde abandoné todo lo superfluo. Adiós pantalones de lana, adiós botas vaqueras, adiós diccionario bilingüe, adiós pantuflas, adiós maleta y su escudo rojinegro del Atlas. Adquirí un frasco de pastillas de vitamina C y algunos rudimentos de primeros auxilios. Me encaminé por los portales frente a la Plaza Guipúzcoa, y así di con la librería Zubieta. Junto al anaquel destinado a los libros en euskera hallé una guía Berlitz de la Costa Cantábrica. Incluía un mapa desplegable en el capítulo dedicado al Camino de Santiago. Pagué las 600 pesetas y ya abandonaba el establecimiento cuando el encargado, mirándome revisar el plano, se le ocurrió opinar:

«Inicie en Zubiri; trae buena suerte.» ¿Zubiri? «Sí, está a doce kilómetros de Pamplona. Ahí conocí a Pepa. Pepa es mi mujer.» No me pareció mal, y entonces, curioseando en un colorido anaquel, di con el letrero que advertía: «Libros de Méjico».

No sumaban ni un centenar y entre ellos reconocí la serie *Los indios de México*, de don Fernando Benítez. Igualmente hallé *La noche de Tlatelolco*, *Palinuro de México*, *Ómnibus de poesía mexicana*. (¿Por qué les cuesta tanto a los españoles la «x» de México?).

Dejaba eso cuando llamó mi atención el lomo rojo y amarillo que habitó una repisa de casa. Las capitulares con signos de admiración gritaban el mismo título: *¡ME QUEDAN CINCO TIROS!*, de Damián Ceniceros. Editorial Botas, 6ª reedición, abril de 1949. Es decir, el libro iba a cumplir cuarenta años y ciertamente permanecía intonso. Aunque tenía arrancada la primera página, el volumen parecía entero. En la portadilla, sin embargo, se lograba adivinar el trazo vigoroso de la escritura de mi padre. Alguna dedicatoria perdida.

Entonces recordé cuando, sentado en sus rodillas, me mostró uno de esos libros estampados con su firma, y la dedicatoria al candidato Ruiz Cortines que me hizo leer en voz alta: «A don Adolfo, hombre de temperamento y buenas maneras, de un admirador que ha cambiado las armas por las palabras. La revolución sin mayúsculas», y luego su rúbrica. Fue lo que le pregunté. «Papá, ¿qué es temperamento?»

Ahora no tengo ni escucho su respuesta. Costaba ochocientas pesetas y lo adquirí sin remilgos. Iba a ser un modo punzante de atajar la nostalgia. Al guardarlo en la mochila me percaté de que iba a quedar reposando sobre mi madre; es decir, las cenizas de Xóchitl María. Me pareció una herejía pero los dejé estar. Después de todo lo que hubo entre ellos fue amor, al menos durante algún tiempo. Luego fueron gotas de agua que el sol resecó. Salud.

Cogí el autocar hacia Zubiri con la advertencia de que primero pasaría por Pamplona, que estaba en la ruta. (En México no lo hubiera «cogido», lo habría *tomado*, y no el «autocar» sino un *camión*). Al abandonar Donostia el autobús enfiló hacia los Pirineos, y muy pronto me fui arrullando con las vaguadas y los puentes milenarios que acompañan el recorrido. El asiento contiguo iba desocupado, de modo que pude acomodarme buscando el sueño. En la duermevela recordé a madame Lebrija; ella sabría encubrirme, así que estaba salvado. Supuse que en algún momento alcanzaría Astorga para liberar por fin el polvo de mi madre. Después, el precipicio.

«¡Pamplona, estación de paso!», gritó el conductor una hora después y me percaté de que el aviso era para mí. «Media hora para almorzar y beberse una caña», porque sabía que yo era el único pasajero que buscaba destino en Zubiri. Descendí y busqué el bar de la terminal donde pedí un «bocata» de jamón y un botellín de limonada. Mientras esperaba repasé la mano sobre el bolsillo para comprobar el bulto de los francos. Uf, era medio centenar de billetes de 500 con la efigie del aburrido Blas Pascal recordándonos su imbatible aforismo: «La

111

mayoría de los males les vienen a los hombres por no quedarse en casa». Mírenme a mí. Con ese peculio podría sobrevivir perfectamente algunas semanas… antes de restablecer contacto con mis ángeles guardianes en el Palacio de Cobián. Y ahí, ante el botellín de Schweppes, fue que ya no pude resistir. Extraje la novela de mi padre y comencé a releerla sobre el mostrador, a sabiendas de que la vez anterior, a mis once años, apenas había comprendido la mitad.

Retomé el autocar y en Zubiri, veinte minutos después, debí alojarme en el hostal Iraia donde me tiré en la cama para leer de corrido ese relato que tanto celebraron sus camaradas de antaño. Autobiografía con más adrenalina que tinta. Así hasta las tres de la madrugada en que me venció el sueño, tal vez las lágrimas, definitivamente una rara melancolía.

En 1937 mi padre, que tenía veintidós años, desembarcó en España para combatir por la República Popular. Dos años después, a punto de la victoria del ejército nacionalista, descendía del *Bandeira* flaco y enfermo en el muelle de Tampico. A poco de eso, acicateado por José Mancisidor, fue que se decidió a escribir esas «Memorias de un mexicano en el frente del Ebro». Procedo a transcribir el primer capítulo de esos pliegos quebradizos.

En la guerra nadie mata. Examino el cargador de mi fusil para comprobar que me quedan cinco tiros. Estoy en la trinchera baja de nuestra posición, en Cascante, al sur de Teruel, que hasta ayer estuvo en poder de los nacionales. Al frente queda un barranco y del otro lado de la cañada el enemigo. A ratos los oigo conversar, blasfemar incluso, «…me cago de frío».

La luz de la tarde se va apagando y me inquieta el saber que ya no contamos con los ojos del Gato Chi. En realidad son cuatro las balas restantes en el cargador de mi *Lebel* porque la última —que llevamos en el bolsillo— es para decidir si al final optamos por caer prisioneros o no.

Teruel está en ruinas luego de sufrir varios bombardeos de la Legión Cóndor. Lo bueno de las bombas es que silban al precipitarse y uno cuenta con dos segundos para arrojarse pecho a tierra. Lo del ametrallamiento en picada es otra historia. Algunos optan por enfrentar a tiros esas balas rasantes, pero muchos no la cuentan. Lo mejor es buscar un parapeto y escudarse ahí como lapa durante el paso del *Messerschmitt*. Un muro, un árbol, una roca porque los sacos de tierra no son tan seguros.

Esta tarde el teniente Arsenio Quiñones, fogonero de oficio, nos dio órdenes precisas: «Al desertor que descubran, dos tiros en la espalda». O sea que estamos cazando compañeros, no enemigos. Y el frío, ah, cómo cala en los huesos y el cañón del fusil, de tan helado, se pega en las manos.

Anoche nevó en silencio, hermosamente. Amaneció y luego, con el paso del sol, el manto de nieve se fue derritiendo. Hoy sopla el mistral y resulta peor. Es un viento seco, en rachas, y quema el rostro. Le dije a Zugástegui que en mi país la única nieve es la de los volcanes, y al nombrarlos soltó la risa.

—Popotepe... qué —dijo, y fue lo último porque un instante después una bala impactó en medio de sus ojos.

Al caer soltó el rifle y el arma se precipitó al barranco. De otra manera tendría las balas de su cargador. Pobre Miguel. Ha dejado de manarle la sangre y ya no verá a su novia de Almagro, que ayer me presumía. Una chica rolliza, sonriente. Aún debe dormir en la foto que guarda bajo el forro de su boina. Después del disparo lancé un grito hacia arriba. «¡Zugástegui, la merienda!», para despistar a los nacionales.

Están a cincuenta metros, al otro lado de la cañada, y por lo visto tienen muy buenos tiradores. Lo del llamado es una contraseña; si anunciara que mi compañero ha caído sería como animarlos a decidir el asalto a mi trinchera. «La merienda»: la muerte, eso es. Pero no lo han matado, ya lo decía, porque en la guerra no se mata. «Se elimina» al enemigo, que es distinto.

Desde aquel viaje a Sombrerete que no sentía este dolor gélido, porque el frío *duele*. Fue en 1925, el 21 de enero, cuando cumplía yo nueve años. Mi abuelo quería verme de nuevo antes de que iniciara la Cristiada, que ya se anunciaba. En ella quedó el abuelo

Remigio, besando seguramente su escapulario. Viejo mocho. Dicen que fue una emboscada. Nunca supimos.

Mi fusil es francés, calibre 8 milímetros, como la mayoría de los que llevamos en la 96 Brigada Mixta. Es de repetición mecánica, hay que accionar el cerrojo con fuerza, lo cual resulta bastante incómodo cuando se decide, a toda carrera, el asalto a una posición enemiga. Tiene fecha de fabricación, 1911, Châtellerault, de modo que posiblemente fue el arma de algún recluta en las trincheras del Somme.

La 96 BM está integrada casi totalmente por murcianos. Incluye también un piquete de polacos y los tres mexicanos que somos. Es decir, que éramos. El domingo pasado cayó Cándido Chi, que era de Motul. Antes perteneció a la brigada del teniente Alfaro Siqueiros, que ya comienza a ser mítica, pero fue transferido a ésta por su buen desempeño nocturno. Le decían «el gato», porque veía de noche, el Gato Chi. No hubiera sobrevivido al saberse castrado por la granada que estalló en su trinchera.

Ahora sólo quedamos los mexicanos Vicente Sanjuán y yo. Por lo menos hasta esta madrugada del 13 de febrero de 1938. Quién sabe mañana, cuando nos despierte el rumor de los biplanos *Heinkel* sobrevolando la cordillera. Si cae Teruel luego caerá Zaragoza, y si cae Zaragoza luego Valencia y el frente republicano quedará partido en mitad. La batalla del Ebro se anuncia ya como la más despiadada.

Valencia, bonito puerto donde desembarcamos el 13 de septiembre de 1937. Éramos siete a bordo del *Teeside*, un carguero inglés con camarotes para medio centenar de pasajeros. Zarpó de Veracruz e hizo escala en La Habana. En él navegábamos Cándido Chi y yo, además de otros cinco camaradas que fueron repartidos en diversas brigadas. Apuntaré aquí sus nombres por si luego se sabe algo de ellos: Bolívar Martínez, Víctor Bocaglio, Mario Guízar, Higinio Lizárraga, Pedro Xavier. Por ahí escuché que somos más de 300 los mexicanos desperdigados en el territorio controlado por la II República.

¡Ah, qué daría ahorita por un atole vaporoso! Calentarme con el jarrito entre las manos, o fumar, aunque de noche eso está prohibido en las trincheras de avanzada...

Creí escuchar que Zugástegui se movía. En los tabiques del parapeto hay rastros de su masa encefálica. Es la muerte ideal, sin dolor, sin enterarte de nada porque casi todos mueren con el nombre de su madre en la boca. Ah, una muerte como la de Miguel; automática, directa, sin trámite.

¿Qué hacemos los mexicanos en suelo español? Es la pregunta que surge cuando nos identifican por el tono al hablar. Un siglo atrás combatíamos contra ellos y su imperio en decadencia. José María Calleja, Pascual Liñán, Javier Venegas. Ahora luchamos a sus órdenes: Enrique Líster, José Miaja, Vicente Rojo, y nuestro comandante en el Ejército de Levante, Juan Saravia.

El ruido nuevamente, un leve movimiento bajo el cuello de su camisa. Ya no me sorprende; es una «rata plañidera», como aquí las llaman, en ausencia de los buitres. Se han acostumbrado a carroñear en las trincheras. Roen las heridas, se llevan un trozo de carne, lamen la sangre aún fresca. Podría darle un tiro, despanzurrarla (son bastante gordas) pero eso restaría una bala a mi *Lebel*, así que rata inmunda, ¿a qué te saben las piltrafas del buen Miguel? Anoche comimos alubias con butifarra, que en realidad era la «olla podrida» de siempre. No habrás de llevártelo entero, ¿verdad?

A esto hay que añadir otra cosa. Aún no he matado («eliminado») a nadie. Llevo más de cuatro meses en suelo español y me han destinado a tres frentes. Primero en la Brigada *Comuna de París* defendiendo Madrid, donde nunca pasaba nada. Luego en Belchite, con la Mixta *Tahelman*, fusionados con los alemanes y los polacos, y desde hace tres semanas en ésta, la 96 Mixta, defendiendo Teruel. Lo que ocurre es que todavía no miro mi «rosa de muerte», como le llaman.

En esos cuatro meses —a punto de cinco, si sobrevivo esta madrugada— he participado en varios asaltos de trinchera aunque siempre como retaguardia. El entrenamiento que nos dieron en Valencia fue apenas superficial. Los rudimentos de la disciplina, mecánica de tiro, labores de zapa. «Quien cava su foso salva la vida al 90 por cien», repetía el teniente De Frutos, nuestro instructor. Y la ceremonia de juramento de lealtad a la República. A la tercera semana, si has sobrevivido, dejas de ser novato; el resto del entrenamiento es sobre la marcha, preguntando a los veteranos.

¿Qué es una rosa de muerte? Es cuando nuestra bala pega macizo, atraviesa un cuerpo y salpica el aire de sangre. Pero hay que mantener los ojos abiertos, no cerrarlos con el estampido del disparo, situar al caído para luego acudir a rematarlo.

El que resultó magnífico tirador fue Cándido Chi. Presumía que fue «tigrero» en el sur de Yucatán, donde habría conocido a Felipe Carrillo y convertirse en su guardaespaldas. ¿Quién se encargará, ahora, de avisar a su familia que una granada le arrancó los testículos y la vida?

¡Ah, dos siluetas!

Son dos miserables de infantería. Apenas se puede adivinar su desplazamiento. Se arrastran a veinte metros de mi posición. En la penumbra es difícil distinguirlos. Asomo por la tronera que armó Zugástegui la tarde de ayer. Sí, son dos, y no vienen. Así que centro en la mira al que va delante y suelto el tiro. Luego un grito, «¡No disparéis, no disparéis, que vamos desarmados! ¡Nos rendimos!».

En efecto, son dos desertores de los nuestros. Armo nuevamente el cerrojo y disparo una segunda vez. A la espalda, como lo ordenó el teniente Quiñones, que es decir *al bulto*.

Ya no se mueven. Escucho entonces que otros tiradores disparan contra ellos, pero desde los mamparos enemigos. Pobres reclutas, acribillados por las balas de ambos frentes. Supongo que ha sido, aun sin verla, mi primera «rosa de muerte».

Entonces pega a mis espaldas un tiro y desbarata el tabique más alto. Me han localizado, así que me hundo en el foso. «Salvar la vida al 90 por cien.» Quito el cargador del fusil, abro el cerrojo, inserto la última bala que llevaba en el bolsillo. Al empujar el cerrojo rechina el fulcro. Así que esperaré el amanecer junto a Miguel y la rata que lo devora. Para mi consuelo, el mistral ha dejado de soplar.

Teruel se sostiene, que es lo importante.

116

¿Cuál es el verbo esencial de los bípedos? Andar. De Zubiri a Pamplona hice algo más de cinco horas. Luego, en tres jornadas de buen tiempo, alcancé Puente de la Reina, Estella y Viana. Para entonces mis pies sufrían ya el deterioro de aquellas leguas de terracería, aunque a ratos el Camino monta sobre el arcén de las carreteras.

Sendas ampollas me obligaron a repensar la cosa. El dedo mayor de cada pie, que acá llaman artejo, mostraba una vesícula amarillenta, reventada y vuelta a formarse, porque el pus aflora como una mala señal. ¿Para qué entrar en detalles?

En Navarrete estaba como exhausto. Busqué alojamiento en un albergue de peregrinos (el único) al coste de 300 pesetas por noche. Navarrete no es más que una aldea perdida, de ésas donde todos tienen cara de Sancho Panza y perduran en la esperanza de su ínsula. Ahí fue donde me salvó Simón, llamémosle «el fontanero de Poitiers».

Debo apuntar que en esos mesones se duerme en galera de camastros. Éramos sólo cuatro los retraídos caminantes que despertábamos con el sol, pues las ventanas estaban desnudas. Al percibir el martirio que ocultaban las calcetas (y que se me habían adherido a las llagas) Simón soltó dos palmadas en mis hombros y un consejo:

—Hay que picar con una aguja, exprimir el pus y luego untar la vejiga con yodo —lo expuso como un cirujano en campaña—. Así hará callo y resistirá hasta abrazar al apóstol.

—¿A qué apóstol hay que abrazar?

El tipo sonrió con benevolencia:

—Lo hacés como ejercicio naturista, ¿verdad?

Fue cuando confirmé su habla rioplatense. Por toda respuesta le devolví un gesto indiferente

—Tené —me ofreció una jeringuilla plastificada—. Así van ¿verdad?, ustedes los agnósticos. Hallan diversión en todo.

¿Qué le debía contestar? ¿Que ando a salto de mata salvando el pellejo, es decir, mis entrañas de una puñalada de obsidiana? No lo hubiera comprendido.

117

—En México hay tres peregrinaciones igualmente sagradas —creí pertinente mencionar—. La de Chalma, que es para visitar al Cristo sangrante que sustituyó a Otzotéotl…

—Otzo… qué.

—Es una de las advocaciones de Tezcatlipoca, «señor del Cielo, amparo del hombre», y que habita en las cavernas del Mictlán. Yendo a bailar con los concheros al santuario de Chalma, a veces se cumplen los anhelos más urgentes. La otra procesión es la del Tepeyac, el 12 de diciembre, a la que acuden cinco millones de peregrinos en el lapso de veinticuatro horas. Sin embargo, la peregrinación de mayor misticismo es la de Wiricuta, la ruta del peyote.

—Algo he oído —mi piadoso asistente era moreno de sol, ojos azules, podría pasar por un entrenador de gimnasia.

—La emprenden los indios huicholes desde Nayarit —le referí—, en la Sierra Madre. Peregrinan durante semanas en rezo, hasta llegar a Real de Catorce, en territorio ya de San Luis Potosí. Una marcha por el páramo que es la mitad del país. Biznagas, pedregales, desierto.

—Yo soy Simón —dijo al ofrecerme la mano—. En mi país se peregrina para visitar a la Virgen de Treintaitrés, que es la Santa Patrona del Uruguay.

—Donde Onetti —le dije.

—Sí, otro existencialista como vos.

—Supongo —Simón llevaba una cuidada barba, comenzaba a perder el pelo, de seguro que sobrevivía como uno de tantos exiliados.

—Vivo en Poitiers, donde laboro como fontanero… «en negro», claro está. Cosas de la vida: en Montevideo era profesor de Lingüística en la universidad; acá sueldo tuberías. ¿Vos qué hacés en México?

—Huir.

Me lanzó una mirada recelosa.

—Pues sí, ponete yodo. Y si alcanzás Santiago, aprovecha y abraza al apóstol. En una de ésas se acaba tu acoso. Y dejá, no expliques, que el Camino cura también con su silencio.

Me dejó con la jeringuilla, que parecía de heroinómano, y sentado en el camastro procedí a purgar el par de purulencias. ¿Es eso literatura? Yodo sí llevaba en mi rudimentario botiquín, y curitas como las de la infancia. Cosa de recordar las rodillas raspadas y Mamá que nos enjugaba las lágrimas, «sana sana, colita de rana»; así que minutos después estuve como nuevo. Es un decir.

Me rasuré en el lavabo (no tan impoluto) y abandoné el hostal para emprender el trecho hacia Nájera, adonde llegué hacia las cuatro de la tarde. Me aposenté en un hotelito de dos estrellas y dormí de continuo catorce horas.

A la mañana siguiente me topé con mi padre.

Frente al hotel Oñati había una tasca donde decidí reponerme con una buena ración de pan, queso y jamón aliñado con aceite de oliva. A la hora del café cortado irrumpió él para compartir lo mismo. Café y un bizcocho. Las ampollas cauterizadas con yodo eran parte de mi redención, pero ese hombre taciturno fumando a mi lado...

¿Se trataba de una alucinación? Mi padre ahí, sin reconocerme. ¿Hacía cuántos años que no lo saludaba? ¿Y qué decirle? «Papá, a que no adivinas quién viene conmigo... Es decir, mira esta caja de galletas. A ver, imagina, imagina...»

Pero no. Era idéntico. Quizás un poco más alto, con más cuerpo, más moreno. ¿Y si gritaba su nombre?

—¡Damián Ceniceros! —probé.

Se me quedó mirando como loco de remate. Neurosis o psicosis, el justo filo de la clínica psiquiátrica.

—¿Busca a alguien? —preguntó mi padre, que no era mi padre, con voz cascada.

—No precisamente, se trata de no toparme con ese inefable. No cabemos en el mismo planeta.

Ya no dijo nada, guardó el paquete de cigarros y desvió la mirada. «Hay gente, hay gente.» Y mientras se iba con la fumarada azul disipándose, volvió a ser mi padre.

Mi padre llegando a casa con Renato Leduc, el poeta del pavimento, con su voz estentórea anunciando desde la ventanilla del taxi: «¡Entrego a Ceniceros, entero... más o menos entero y debiéndome doscientos pesos de una botella de coñac!»; o José Revueltas, del brazo para no perder el equilibrio, uno del otro, el otro del uno: «Camarada... camarada, ¿cómo estuvo eso de los perros? Un hombre no es un perro... pero un perro, Ashtray, ¿un perro es un hombre?», porque siempre lo llamó así, en pésimo inglés, «el Ashtray». Las comilonas y los burdeles con sus colegas de redacción y parranda, Alberto Domingo, Pancho Liguori, José Alvarado, Fedro Guillén, Ricardo Garibay, Alí Chumacero...

Y el dinero. ¿Es tema?

Cheques con tres ceros procedieran de donde procedieran. Más de una vez me envió a depositarlos al banco. La diputación de Veracruz, la Secretaría de la Reforma Agraria, la Dirección General de Cinematografía, la Conasupo, el Instituto Nacional de Bellas Artes, la mismísima Presidencia de la República... donde se desempeñaba como asesor, redactor de informes y discursos, «comisionado especial». No es ningún secreto la confianza íntima que le dispensaba Adolfo López Mateos. ¿Y quién fue el interlocutor del presidente Gustavo Díaz Ordaz en aquella cena para tres, la noche del 1 de octubre de 1968? El presidente, el general Luis Gutiérrez Oropeza —mando del EPM— y el infaltable Damián Ceniceros. «Cenamos pollo en pipián, uvas con queso, vino rosado; y no me dejó hablar.»

—Hay dos maneras de pasar a la historia, amigo Damián. Una como pendejo; ahí tiene usted a Pascualito Ortiz Rubio, la otra como cabrón restregándoles a Maquiavelo. Y se van a acordar de mí... ya verán. Bueno, hay que dormir. Ya vámonos.

Y claro, el camarada Ceniceros era el invitado especial en los mítines del Partido Popular Socialista; «compañero de viaje» del Partido Comunista que negoció la readmisión de Diego Rivera; intermediario entre el secretario de Agricultura, Juan Gil Preciado, y el dirigente agrarista Rubén Jaramillo hasta la víspera de su fusilamiento —que otra cosa no fue—, en la escalinata de Xochicalco. El dinero, insisto, ¿es tema?

A pesar de las caminatas me encontraba un poco estreñido, seguramente como efecto de la deshidratación. Me detuve en un bar del Camino a beber una caña. El sitio era apenas un caserío y se llamaba Vertedero del Ciego. Por cierto, ¿qué vierten los ciegos si no es un poco de lástima además de sorprendentes augurios? Ahí fue donde me encontré con ellas.

De inmediato me percaté de que no eran españolas. Belgas, francesas, incluso andorranas. Una era definitivamente hermosa, castaña, de piernas firmes y ojos de cielo. Llevaban shorts de caminante, como la mitad de los peregrinos, con amplios bolsillos igual que alforjas. La otra era mayor, cincuenta y algunos, rubia Clairol. Bebían algo que mencionaron como «tinto de verano». Sangría con Sprite y hielo frappé. Nos saludamos con un gesto.

Es una norma a la que me iba acostumbrando. La gran mayoría de los peregrinos son más «cristianos» que católicos, no sé si esto se entiende. Franciscanos sin tonsura, apóstoles a la intemperie, hippies con escapulario. Saludan con la sonrisa, convidan a Dios a la menor provocación, comparten su pan y su vino cuando lo tienen. Así estas dos mujeres, con sus mochilas color paja y la correa terciada entre los pechos. La guapísima golpeó la barra con el vaso, apenas terminarlo, y dijo algo divertido: «*Chère amie, allons poser le cul...*», y como solté la carcajada, la otra me dispensó una mirada de complicidad: «*Nous voyageons à vélo*». Y se fueron montando en sus bicis.

Entonces me reencontré con Simón, el fontanero de Poitiers, al fondo del bar. Permanecía echado sobre una mesa con los antebrazos bajo la cabeza. Parecía extenuado, ¿estaba haciendo la siesta? De pronto me cruzó una idea terrorífica. «No», me dije, «debe estar muerto y nadie se ha dado cuenta.»

Yo, un agnóstico estreñido; él, un romero en agonía. No respiraba, yacía inmóvil. Llamé al encargado del lugar, que permanecía lavando trastos en la cocina. «Eh, señor, señor...»

Señor qué. ¿Hay un muerto en la mesa del fondo? Pero Simón, en ese momento, se rascó la cabeza. Sin más dejé el bar luego de plantar mi caña sobre un billete de cien pesetas. Don

121

Manuel de Falla con cara de científico loco, ahí te dejo al desfalleciente lingüista.

La verdad es que me sentía como un impostor. No llevaba la vieira pendiente del cuello ni el bordón labrado ni el sombrero ampón de muchos. Iba tan campante, como Johnnie Walker por la campiña escocesa, rumiando una cierta envidia. Así ocurre con nosotros, los ayunos de fe. Hemos olvidado rezar, nos santiguamos con la zurda, jamás bautizaremos a nuestras hijas como las tres virtudes teologales.

El mundo se divide en dos: los creyentes y nosotros; los benditos y nosotros; los que ascenderán por la Escalera de Jacob y nosotros descendiendo por el segundo, el tercero, el cuarto círculo del infierno. Nadie es perfecto. Algunos viven en Estado de Gracia, pero todos seremos olvido y polvo como el que cubría los hitos del Camino señalando, «Calahorra, 3 kilómetros de humedal», porque el polvo es también lodo y viaja mordiendo nuestras botas. Llovía, debo decirlo; breves chubascos, llovizna intermitente. Me cubría con la manga ahulada que muy oportunamente adquirí en Donostia.

Hubo —es cierto— un día en que nos poseyó el Tenebroso. Tendríamos catorce años, tal vez uno más, cuando al arrebujarnos entre las sábanas sembró en nuestro corazón la duda. La cuita sin respuesta. El fruto del Árbol del Mal. Esa noche alzábamos la mano para representar la cruz fantasmal cuando detuvimos el gesto. Era que estábamos ya posesos. «¿Qué haces, Matías?», preguntó nadie en voz alta. Entonces vimos cómo Jesucristo nos abandonaba, y detrás de Él su inmaculada Madre. Se ausentaba la virtud, se esfumaba la esperanza, el incendio arrasaba *el Cielo que me tienes prometido*. Ave María Purísima. «Se estima que a lo largo de esta jornada una masa de aire marítimo ingrese en el territorio nacional por lo que se pronostican lluvias torrenciales a partir del mediodía», y eso es todo. La lluvia, la noche, la nada. *Sin pecado concebida.*

Mi madre era religiosa, mi padre no. Ella está en la Eternidad y él habita, debe habitar, una pocilga de pecado, culpa y azufre. Una vez llamó a casa, embriagado, hablando de las cucarachas que lo asolaban. Colgué sin responder. Que se fuera al infierno con Samsa, faltaba más.

Andar, marchar. Insisto, ¿cuál es el verbo del Camino? De eso se trata y a más de un peregrino sorprendí tomando notas del entorno. Fotografías, apuntes, observaciones. La tentación del Camino es ésa, *trascender*, lo que a mí —un triste recluta del agnosticismo— me parece superfluo, si no es que ridículo, y en ese trance intuí que mi estreñimiento estaba a punto de concluir. Y de manera abrupta. Me encontraba en mitad de un aislado valle regido por la soledad. A lo lejos asomaba un castillo derruido y frente a mí se extendía una anchurosa dehesa mecida por el viento. Supongo que así debió ser la cosa en el Paraíso Terrenal, aunque de eso no hay una sola palabra en el Viejo Testamento.

Creo que fue durante un viaje a Manzanillo, donde a mi padre le habían ofrecido un bungalow en la playa. En algún momento del camino mi hermana y yo nos pusimos a desafiar los esfínteres, «a ver quién aguanta más», haciendo muecas escatológicas en lo que transcurrían las horas y los kilómetros. Así hasta que Leticia estalló, «¡Papá, Papá, detente! Ya no aguanto más…» y Damián Ceniceros orillaba el Plymouth en la carretera. La Yoris aventó la puerta y allá fue en busca de los arbustos gritando, «¡No me vean, no me vean!». Y las carcajadas de Mamá, de Papá, las mías. Así yo en la vaguada de Vertedero del Ciego, siendo feliz en el alivio.

Bueno, sí, cagué España.

Pernocté en el parador del peregrino junto al monasterio de Santo Domingo, donde un cartel prevenía que el «donativo sugerido» era de 400 pesetas. Luego llegué a Belorado, un villorrio donde no había hoteles aunque sí un albergue, bastante precario, cuyas sábanas crujían por el almidón. Allí fue donde telefoneé de larga distancia a madame Lebrija y ella: «Oiga, que han venido sus primos a preguntar por usted. Gente amable, un poco inquieta; ¿por qué nunca me habló de ellos?». ¿Mis primos? «Fue lo que han dicho, así que no les solté esa patraña de Italia. Les dije lo que creo, que usted se ha ido para Cherburgo, o Nantes. Dejó usted un mapa subrayado.»

—Ah, les dijo.

El licenciado Ezequiel Tavares no había mentido. Ya estaban por mí. La daga de sílex buscando mi sangre. Nunca me absolverían los sanguinarios vengadores de la Cofradía del Tepeyac. ¿O se trataba de los ejecutores de la secta Chicome Técpatl? «Pero la verdad, Matías, dígame dónde anda usted. ¿No se habrá fugado con alguna de las chicas argelinas que lo visitaban?»

Era más que evidente; la habían sobornado.

En eso un peregrino gritó al pasar a mi lado: «¡Venga, venga; que me urge un cortao!»

—Ah, ¿está en España, verdad?

—No, en Singüilucan —y colgué.

Suspiré hondamente y no me quedó más que reemprender el Camino. Vagos temblores recorrían mis piernas. Electricidad, adrenalina, pavor. Así alcancé, horas después, San Juan de Ortega, donde pernocté no obstante el letrero que advertía: «Abstenerse franceses». Era un albergue húmedo que rezumaba penitencia y roña. Al día siguiente por fin llegué a Burgos.

Luego de dormir a pierna suelta en el hotel Arlazón busqué la catedral, que es imponente. La guía Berlitz mencionaba un detalle que me pareció interesante. Se trataba del legendario carrillón habitado por Papamoscas y Martinillo, los «autómatas» que dan la hora en lo alto del triforio. Cargué mi Yashica para fotografiar el espectáculo. Papamoscas lleva una casaca roja y tiene porte de juglar, cada hora se inclina en lo alto para tocar el badajo. Martinillo está a su izquierda, en otra ventana y es más simpático. Se encarga de percutir una campanilla cada quince minutos. Y estaba en eso, enfocando mi cámara desde la avenida Rey Fernando, cuando volví a encontrarlas. Charlaban en una cafetería, parecían aburridas, habían dejado sus bicicletas recargadas junto a la terraza. Eran las peregrinas belgas.

Entonces observé que las bicis lucían un letrero de cartón: «5,000 pesetas. Pinarello original. Una ganga».

No lo pensé dos veces. «El Camino rodando», me dije, y entré en el local para presentarme.

—Buen día, señoras del pedal —les dije en mal francés, *pédale dames*.

Me reconocieron enseguida y respondieron al saludo.

Les manifesté que me interesaba una y desembolsé la cantidad. ¿De qué rodada son, *what size are the tires?*, *Quel est le diamètre?*

La guapísima, que se llamaba Hélène, recibió el dinero y las señaló con gesto obvio; *ils sont des pneums normaux, pour gens normaux*. Llevaba falda en lugar de shorts.

—Perdón pero debo preguntar, ¿tiene algún problema mecánico?

—No, ninguno. La cosa es que ya cumplió su cometido —insistió en francés—. ¿Usted la cargaría de regreso a Marsella?

—No, claro que no —seguía perturbado ante el azul divino de sus ojos.

—La cosa es que mi pobre amiga debe retornar de emergencia —explicó su compañera en español—, y no vamos a pedalear mil kilómetros, ¿verdad?

—*Mon mari est malade. Il a une pneumonie. Il est à l'hôpital, et m'a gâché le voyage.*

—Híjole, que pena —dije.

—¿Eres de Zacatecas? —preguntó la cincuentona, que me escrutaba como reconociéndome.

—No, ¿por qué?

—Nadie dice «híjole» más que los mexicanos.

Hélène me miraba con aire seductor. Bonitas piernas, hermosos ojos, un marido con tanque de oxígeno. Musité con el suspiro:

—Es una pena que no puedan completar el Camino.

—Dicen que en estos días no es tan conveniente.

—*Vous savez, la pluie nettoie le césium et le plutonium qui nous viennent de l'est. C'est ce que je dis à madame Chifflet.*

—Lo dijeron ayer en las noticias. Las nubes de Chernóbil están envenenando los campos —insistió su compañera.

—A mí no me pueden dañar más —exageré al depositar la mochila en el suelo—. Me abandonó mi mujer, me persiguen los apaches, y encima no puedo terminar mi libro.

—*Êtes-vous écrivain?* —indagó la de ojos como el cielo. Me extendió su mano—. *Excusez-moi, mon nom est Bouguereau. Hélène Bouguereau.*

—Mucho gusto.

—*Elle est Claudine, une bonne amie; mais maintenant…*

—Un marido enfermo, el Camino interrumpido, regresar a casa —completó la otra.

—*Oui, mon train part à midi.*

—*Dépêche-toi, ma belle, c'est l'heure.*

O sea que se iban. La hermosa Hélène parecía profesora de artes. Quizá publicista.

—*Le vélo c'est un vélo pour femmes* —dijo al despedirse, y entonces reparé en el detalle.

Era verdad; la bici era blanca y tenía el armazón curvo, para las faldas volando.

—No le hace —dije.

—«No le hace» —ironizó Claudine, y se dispusieron a marchar hacia la estación de trenes.

Andando una al lado de la otra se ayudaban para trasladar la otra bici. Habían colocado sobre la parrilla sus dos mochilas.

«Adiós Hélène, adiós ojos de cielo», me dije. Adiós cinco mil pesetas. Me quedo con el Estroncio 90 como compañero.

Monté en la bicicleta, no sin antes ajustarle el asiento. Y entonces, al manipular el sillín, fue que percibí su tibieza. Ojalá no por el sol.

Pedalear y sudar. Un ciclista avanza tres o cuatro veces más aprisa que un caminante. O cinco, en los descensos. La bici era modelo de montaña, con tres cambios en la estrella y cinco en el piñón, de modo que no había cuesta imposible. Llevaba dos alforjas en la rueda trasera y una canastilla al frente. El faro delantero era de pilas, pero estaban agotadas.

Así, en una sola jornada, cubrí el trecho hasta Frómista, que es una aldea menguada, de 800 habitantes, en el corazón de Palencia. Un folleto informa que en 1955 tenía 2,973 pobladores, ni uno menos, y ahora paga el precio de la imparable urbanización. Me hospedé en el refugio de San Telmo, donde miré dos bicicletas como la mía (en el otro refugio, de San Martín, un anuncio advertía que era «sólo para caminantes piadosos a pie»).

Las camas eran buenas, cuatro por habitación, y los baños casi de lujo… ¡con toallas y jabón! Hacía años que no montaba en una bici; creo que la última vez fue con Gina, en Chapultepec, un domingo de ilusión.

¡Ah, Gina, Gina, el amor temprano y la frescura de su boca! Todo se malogra con el tiempo, la mejor caricia es de la mano que dará la bofetada.

Merendé una buena porción de tortilla de patatas, un chato de tinto y una manzana al horno. Me recosté al atardecer con un ejemplar de *El País* de la víspera. El relato era espeluznante.

La planta de Chernóbil seguía fuera de control. Se sabe que todo se debió a un error humano durante una prueba de rutina en la que fueron retiradas erróneamente las barras de grafito del Reactor RMBK-1000. Ahora hay registros de cesio 137 liberado en toda Europa, incluso en la lluvia de Irlanda. Veintidós bomberos que participaban en las labores de extinción fallecieron en los primeros días del siniestro. Les llaman los «heroicos liquidadores».

Son las segundas víctimas del Síndrome de Irradiación Aguda (SIA), porque las primeras fueron los tres operadores del accidente. Incluso en las islas Baleares se han medido cantidades apreciables de yodo-131. Las poblaciones de Chernóbil y Prípiat (más de 100 mil personas) fueron evacuadas más allá de un radio de 30 kilómetros. La Agencia de Energía Nuclear (NEA) desaconseja el consumo de agua, leche y vegetales de la región de Ucrania y Bielorrusia. Se sabe que las tabletas de yoduro de potasio, para contrarrestar los efectos de la radiación en la tiroides, llegaron a la región demasiado tarde para ser efectivas.

Junto a mi cama había un tipo raro. Calvo, con ojos saltones y camisola sin cuello. Escribía en una libreta... apuntes, notas. En algún momento se volvió hacia mí para decirme:

—¿Le puedo leer algunas de mis revelaciones?

Por toda respuesta le mostré la primera plana del diario, pero él puso cara de indiferencia y atacó:

—Hay que rezar, y rezar, y rezar porque el camino es una conversación con el Creador... Todos los caminos del mundo son uno solo, que se reúnen aquí, donde los hombres se funden en una misma espiritualidad... Piedras y agua, son los compañeros esenciales del peregrino, que es un mago subsistiendo con ese líquido y ese mineral que le afirma el pie...

Me di media vuelta para continuar con la lectura y minutos después quedé dormido. «Piedras y agua.»

Al día siguiente, que era viernes 2 de mayo, el calvo pastoril se había esfumado. Reemprendí el viaje con mi ágil Pinarello de aluminio. Revisé el mapa: pedaleando, tres días después llegaría a Astorga donde por fin liberaría las cenizas de Xóchitl María, mi madre, viajando al fondo de la mochila. Después quedaría libre. «Desembarazado», es el verbo, como ella de mí cuarenta y cuatro años atrás. «No diste ninguna guerra. No lloraste al nacer; no hablaste sino hasta los cuatro años; nunca hiciste preguntas impertinentes. A ratos imaginaba que tenías un cierto retardo mental.»

Y hablando de afectados de idiocia, debo mencionar que nadie puede extraviarse en el Camino. Además de los caminantes que se encuentran de trecho en trecho, cada legua un hito con la vieira del peregrino indica la ruta. Se supone que la valva era el sencillo cáliz con el que el Apóstol bebía de los manantiales en su periplo de evangelización. Frescos surtidores que por cierto abundan en el Camino. Se suponen muchas más cosas, como refieren los folletos. Se supone que luego de predicar las enseñanzas de Jesús, Santiago el Grande retornó a Judea donde fue decapitado por Herodes en el año 43 de nuestra era. Se supone que sus discípulos habrían embarcado el cuerpo en una nave de piedra en la que lo trasladaron a lo largo del Mediterráneo y hasta la costa de Gallecia, donde fue sepultado. Se supone que en el sitio, siglos después —en el año 813— aquel campo destellaba de noche y unos aldeanos llamaron al obispo Teodomiro para que fuera a ese *campo stella* donde descubrieron la tumba del apóstol, Sant-Jacob de Campus-Stellae, donde se erigió una capilla que hoy es catedral. Se supone que por aquel entonces, cuando el califa Omar despojó a la cristiandad del Santo Sepulcro de Jerusalén, las peregrinaciones a Tierra Santa miraron hacia Compostela una vez que las victorias de los cruzados fueron reconquistadas. Se supone que el apóstol Santiago, por ser el evangelizador de la Hispania romana, es el santo patrono de España. ¿No condujo milagrosamente al ejército del rey Ramiro en la batalla de Clavijo contra el infiel en el año 844, y a partir de entonces se convirtió en «Santiago Matamoros»? Por ello se creó la celebradísima Orden de Santiago. Se supone.

En Sahagún me hospedé en el único hotel del lugar; el San Facundo, de dos estrellas. Permanecí echado en la cama dos días, masajeándome las piernas y mirando noticiarios y documentales en televisión. TVE 1 y la Cadena 2. De Chernóbil no había demasiadas novedades. Se hablaba de «encapsular» el complejo nuclear con un sarcófago colosal de hormigón. Y respecto a los daños a futuro existen los peores vaticinios. En Alemania Federal el gobierno ha sugerido a los padres no llevar a los niños a los parques, impedir que jueguen bajo la lluvia, no consumir vegetales cultivados al este de los Cárpatos. Ése fue mi arrullo toda la noche, porque el televisor permaneció encendido, y el perineo (por decir lo menos) punzaba de continuo luego del permanente agravio.

A punto de abandonar el hotel, que estaba copado por una turba de mozalbetes celebrando no sé qué graduación (y que se metían en todas las habitaciones, confundidos, borrachos y gritando necedades) tuve una tentación suprema. Anunciaron en la Cadena 2 la matiné de la película de Vittorio de Sica, *Ladrón de bicicletas*, y retorné a la almohada para verla de un tirón. La proyección inició a las doce, y dos horas después, cuando abandonaba el San Facundo, una espina me doblegaba. Monté en mi bicicleta, busqué las señales de mi ruta, y al llegar a la Puerta de San Benito (bajo cuyo arco milenario pasa el Camino), resolví que era el momento de recordar.

Había un bar ahí cerca y entré para acompañarme con un whisky y un bocadillo de bacalao. La escena más fuerte de la película es cuando Antonio Ricci, recién contratado por la agencia municipal como pegador de carteles, decide hurtar una bicicleta que alguien ha descuidado (toda vez que horas atrás algún bribón le robó la suya). Son los años posteriores a la guerra, el desempleo es generalizado y todos han empobrecido. Una historia clásica del neorrealismo. Ricci es acompañado por Bruno, su hijo, cuando es sorprendido por los transeúntes, «¡ey, ladrón, ladrón!», que lo capturan y entregan al policía del barrio. El niño, que lo ha presenciado todo, llora desconsolado. Su padre un ladrón, su padre detenido, su padre que no tiene el valor de mirarlo. Y las lágrimas del pequeño, que son de partir el corazón, lo salvan finalmente de ser llevado a las rejas.

Junio de 1962.

Es lo que había ocurrido conmigo. En los últimos días de aquel mes el presidente John F. Kennedy realizó una visita oficial a México. Una semana antes la policía política se había encargado de aprehender a todos los cabecillas «rojos» de la ciudad.

Periodistas de izquierda, dirigentes magisteriales, ferrocarrileros, líderes comunistas. Entre ellos fue detenido mi padre, Damián Ceniceros, que permaneció incomunicado en los separos de la policía durante cuatro días con sus noches. Yo me encargué de ir a rescatarlo, a mis veinte años, en el viejo palacio de la Inspección de Policía —paradojas de la vida— en la calle de Independencia. ¿Qué fue lo primero que me pidió ese lunes a mediodía? «Llévame a una cantina; ¿traes dinero?» Y lo trasladé a La India, a tres cuadras de ahí, donde se bebió al hilo dos cervezas y un tequila. «Ahora sí, hijo, busquemos un taxi y vayamos a casa. Necesito descansar.» Era un hombre envejecido, humillado, mohíno.

Esa noche lloré a solas en mi cama, aunque él ya ejercía sus «fugas cabroneriles» que culminarían, meses después, con el abandono definitivo. Y al día siguiente, sorpresas de la vida, llegó un auto oficial con dos amables agentes del Estado Mayor Presidencial. Que el licenciado Adolfo López Mateos deseaba conversar con él, que lo invitaba a comer al Bellinghausen. Mi padre buscó una corbata, se rasuró en seco y se dejó llevar.

Creo que esa noche fue la última en la que conversamos, lo que se dice, de hombre a hombre. Contó que el presidente López Mateos se había disculpado con él porque esa *razzia* fue el requisito que planteó el FBI para que la visita de Kennedy pudiera llevarse a efecto. Conversaron largamente, como viejos camaradas, de sus mocedades y «errores de juventud». El presidente le había referido sus días de militancia opositora durante la campaña electoral de José Vasconcelos —era el año 1929— en la que se desempeñó como el orador principal, de donde derivó la golpiza que le propinó la policía y el «distanciamiento ostracista» por el que optó al emprender la marcha a pie hasta la frontera con Guatemala, y que le permitió conocer el país palmo a palmo. Así llegó a la conclusión de que todo debía ser transformado, sí, pero desde las instituciones «porque no hay de otra».

En su turno mi padre, demediando una botella de Chivas Regal, le contó al presidente su locura de 1940. A poco de haber desembarcado de su aventura en la Guerra Civil española, el Coronelazo David Alfaro lo buscó para incorporarlo al comando que buscaba la cabeza del «judío traidor» que había dado la espalda al movimiento comunista internacional. Y así la madrugada del 24 de mayo Damián Ceniceros participaría en el primer atentado contra León Trotski en Coyoacán. Mi padre fue quien se encargó de llevar a la primera escuadra en un Chrysler negro que estacionó en la esquina de Viena y Morelos, a una cuadra del cauce del río Churubusco, que todavía discurría al sur de la ciudad. Siqueiros y sus secuaces emprendieron entonces el asalto, burlaron la reja y en el jardín abrieron fuego con las ametralladoras Thompson que habían conseguido, pero no pudieron ingresar a la casa de la familia Trotski. Dispararon a su alcoba desde la ventana, y el dirigente comunista resultó milagrosamente ileso. Después se sabría que bajo la cama se disimulaba un búnker estrecho que él y Natalia, su mujer, utilizaron. A poco de eso, decepcionado, Damián Ceniceros se retiró al rancho familiar en Zacatecas donde incitado por el optimista José Mancisidor logró concluir su novela de leyenda: *¡Me quedan cinco tiros!* Después…

Después de la disculpa, López Mateos le entregó un cheque por 50 mil pesos y lo hizo su «asesor personal» en asuntos informativos. Una semana más tarde estrenábamos un Galaxie del año, precioso, que mi padre conservó hasta 1979 en que se lo robaron.

O sea que yo era el pequeño Bruno Ricci de la película gritando que no se llevaran a mi padre, que no había robado una bicicleta, que no había matado a Trotski (él no), que no le pensaba tocar un pelo al presidente JFK. Era demasiado para mi conciencia, uf, y encima que hacía un calor del demonio (¿ya lo olvidaban?). Definitivamente no era la mejor hora para pedalear bajo el sol, así que me senté a la sombra del pórtico de San Benito y me dispuse a purgar mis rencores. Además que los dos Johnnie Walkers hacían ya su efecto.

La franca galbana, tumbarse la bartola o simplemente «echar una cabezada». Hay muchas maneras de nombrar la siesta en

España. Es el precio del bochorno que contagia el Mediterráneo y que les permite animar el jolgorio nocturno. El caso fue que me despertó un canturreo demasiado confianzudo.

—…tú no sirves para amores, tienes el sueño pesado.

Abrí los ojos y con toda la modorra del mundo alcé el rostro para encontrarme con ella.

—¿Te sientes bien? —preguntó Claudine.

Estaba montada en su bicicleta y me dispensaba una mirada festiva que podría ser simplemente lástima.

—¿Y Hélène? —pregunté en español—. ¿Dónde anda?

—En Marsella, con su marido. Picando —hizo el gesto de aplicar una hipodérmica—. Ampicilina, supongo.

Llevaba el cabello recogido bajo una cachucha roja. Parecía rejuvenecida.

—Quedamos en que yo complete el capricho —hizo una mueca infantil—, y cuando me canse venda el *vélo*.

—¿Qué clase de caprichos puede tener una mujer como tú?

Pareció sonrojarse.

—Que regrese en avión en el momento en que se me dé la gana. Cuando me aburra. Ése fue el acuerdo.

—Suena inteligente. Y cómodo.

Me alcé del piso y sacudí las perneras del pantalón. Debíamos estar a 33 grados.

—Zafarse cuando la fatiga te venza. Regresar con tu marido.

Ante su silencio, destrabé el candado de mi Pinarello.

—Además que no es cierto lo que estás pensando —añadí en lo que observaba mi reloj.

—¿Qué estoy pensando?

—Eso. Que soy un borracho de tequila. El clásico indito durmiendo junto al nopal.

La mujer volvió a sonreír. Luego dijo algo que me llenó de pavor:

—Ayer conocí a otros dos mexicanos que hacen el Camino en auto. Personas desagradables…

—¿Dos mexicanos?

—Parecían agentes de la «chota». Andan en un Citroën de medio uso, abajo verde y el techo rojo. Es decir, preguntaron que si había visto a otro mexicano por el rumbo. Que se les había perdido. Hicieron la descripción de alguien como tú.

—Qué les dijiste —no fue pregunta.

Claudine se hallaba en el punto en que la mayoría de las mujeres... las mujeres de su condición, pasan al cirujano plástico. Remediar los efectos de la gravedad. Alzar, alisar, estirar. Su figura, sin embargo, conservaba alguna gallardía.

—*Personne ne connait rien de rien* —dijo—. *Mon ami*, son más de sesenta kilómetros.

—¿A esa distancia están?

—No, que León, la ciudad, queda a 64 kilómetros. Si nos damos prisa llegaremos antes que la noche se nos eche encima. Parece que se quiere nublar.

—Regresaste sola.

—Así es, Matías... ¿Matías, te llamas?

Claudine Chifflet ha vivido por todo el planeta. No se rasura los sobacos y al mordérselos se arquea de placer. Mujer rara.

Apenas casarse, en 1949, Clo viajó con Phillipe Magné —su marido— a la Indochina Francesa para intentar lo imposible. La guerra del *vietminh* apenas iniciaba y los empeños de la diplomacia eran cada vez más inútiles. En 1955, cuando la situación se complicó luego de la derrota en Dien Bien Phu, los Magné debieron trasladarse a México donde el servicio diplomático mantuvo al consejero durante nueve años. La colonia Anzures era mejor que las devastadas colinas al norte de Tonkín. Luego se trasladaron a Brasil, tres años, y posteriormente a Canadá hasta 1971.

Ahora ella vive en Marsella, separada de Phillipe, quien reside en París bajo el muy civilizado pacto que establecieron.

«Nada de escándalos, cada cual su vida y llevar la fiesta en paz.» Se ven una o dos veces por año a mitad de camino, en Lyon, para comer en el Laurencin porque a pesar de todo él sigue siendo un sibarita.

—¿A pesar de todo? —pregunté esa noche, cuando nos hospedábamos en el albergue Moratino, de Mansilla. La lluvia nos había obligado a buscar techo antes de alcanzar León.

—Bueno, sí. Usa tu imaginación —y arqueó las cejas de modo más que sugerente. Luego se volvió para dormir arrebujada por su *sleeping bag* y nuestra desnudez.

Clo está en crisis. Lo dijo la noche del 5 de mayo en que celebramos —cada quien a su manera— una victoria, una derrota y las pieles dispuestas. En dos semanas cumplirá sesenta años y eso la tiene muy deprimida. Fue lo que dijo.

Esa noche jugamos en la cama del hotel Ballesté, de Villadangos, donde nos alojamos por comodidad. Sin embargo la noche previa, en Valverde, ocurrió una desgracia. Es decir, *mi desgracia*, y no estaba Jorge Negrete para celebrarla.

El caso había sido que mi arma no funcionaba y Clo se fue adormilando entre risotadas. Al día siguiente acudí a consulta con el médico del pueblo y el diálogo se dio más o menos de la siguiente manera:

—Oiga, doctor, vengo porque he tenido problemas con mi virilidad.

—Bueno, ¿pues qué edad tiene usted?

—Cuarenta y cuatro cumplidos. ¿No será la fatiga?

—¿Y eso qué? Todos nos fatigamos por algo. Seguramente ha cogido una enfermedad venérea. ¿No le arde al mear?

—Creo que no.

—¿No cree que le arde o cree que no le arde? Es pregunta seria.

—Pues no, no me arde.

—¿Y no le han salido pústulas?

—Tampoco, no creo tener eso que dice usted. Pústulas.

—Entonces vamos a ver. Es usted mexicano, ¿verdad? Quítese la ropa y siéntese ahí.

Obedecí de mala manera y, como buen mexicano, me senté en el camastro. El galeno, que se llamaba Isidro Peribáñez, comenzó a auscultar. Tacto exterior en el vientre, leve hundimiento en la vejiga, manipulación del testículo izquierdo, el derecho, descorrido del prepucio para mirar el glande. Algodoncillo tocando la uretra y el paciente sudando frío.

—Pues se mira bien todo. Debe ser cosa *psi*cológica. ¿Ha sufrido un trauma recientemente? ¿Alguna muerte, un abandono conyugal, le han puesto los tarros?, digo, es una pregunta de rigor.

Qué responderle.

—La muerte de mi madre fue como un hachazo al corazón, pero eso ocurrió hace veinte años. El abandono conyugal de Gina fue el año pasado, en septiembre, luego que apareció el gato-chivo en la cama…

—¿El gato o el chivo? Qué aberración; ¿meten ustedes gatos y cabras en el lecho?

—No. Luego le explico. Y lo de la cornamenta, que yo sepa, con Gina no; aunque en Los Ángeles Karen sí, con un camillero del hospital donde trabajaba. No es lo más feliz en la vida, se lo aseguro.

—Y que lo diga —me miraba con ojos de «ah, mucho mundo».

—Ahora me ando… —¿cuál era el verbo?—. Estoy cohabitando con una mujer un poco mayor. No sé si eso será…

—Edad de ella.

—Cincuenta y cinco —mentí.

—Pues no creo, aunque luego ellas son la que pescan la enfermedad en los servicios. Uno nunca sabe.

—En los servicios.

—Es lo que le he dicho.

—¿Y la fatiga?

—Ya le digo. Todos nos fatigamos, pero no creo que sea eso. ¿En qué se fatiga?

—En la bicicleta. Hacemos cada día cuarenta, cincuenta kilómetros o más. De sol a sol.

—¿Están haciendo el Camino en bici?

—De hecho desde Pamplona; casi cuatrocientos kilómetros. He perdido algunos kilos sudando bajo el sol.

Peribáñez me ofreció un papel con su lápiz.

—¿Podría dibujar el sillín de su bicicleta? —solicitó como si acabara de renunciar al juramento de Hipócrates.

Obedecí en silencio tratando de reproducir el asiento de la Pinarello.

—Más o menos así —le dije.

—¡Vamos! —exclamó triunfante—. Pues es eso: la pudenda y la cavernosa. Las tiene usted muy castigadas.

—Perdón, pero no entiendo.

—Hombre, que eso se sabe desde los griegos. Los jinetes se quejaban de lo mismo, aunque los hoplitas de infantería no. Si monta usted sesenta kilómetros diarios con ese sillín tan estrecho, se estrangulan las arterias pudenda y la cavernosa, que son las que irrigan el miembro. Y sin esa irrigación todo el día, vamos que… ¡ni con la Farrah Fawcett en pelotas! Si sigue así va a terminar impotente en serio.

—¿Usted cree? —había palidecido.

—O cambie de sillín. Consígase uno de esos antiguos, con resortes, culones, como los que emplean los carteros. No se arriesgue… y son mil pesetas por la consulta. Tómese además cinco aspirinas al día. Eso ayuda.

Entonces el problema residía en el perineo. Ni más ni menos, y cinco aspirinas. Nadie lo hubiera imaginado.

Cuando se lo conté a Clo, que esperaba fuera del consultorio, me desmadejó la cabellera con ánimo compasivo:

—¿La arteria cavernosa? —repitió.

137

—Eso ha dicho. No entiendo mucho.

—En las cavernas habitaban los osos, pero se las fuimos arrebatando.

—¿Los osos de las cavernas?

—Una tras otra, hace miles de años —suspiró—, y se las despojamos. A propósito; tengo una historia.

—Espero que en realidad no seas Ricitos de Oro.

—No precisamente —se tocó el escote y jugueteó con un botón de la blusa—. Esta noche, cuando te cures de las arterias perineales, te lo contaré con una condición.

—¿Qué condición?

—Que después no me rechaces.

Aunque no debería despertar sorpresa, la historia de Clo es por demás insólita. Intentaré narrarla en tercera persona, con la ambigüedad del verbo *llover*:

El 11 de mayo de 1926 nació Marie Claudine Chifflet Vermes en Foix, al sur de Toulouse. Su padre era comerciante de telas y Josephine, su madre, ejercía como modista. Católicos, conservadores como casi todos en el mediodía francés, vivían con la ilusión de adquirir una propiedad campirana cerca del mar; tal vez en Narbona.

El padre, Jerôme, fue llamado a filas en agosto de 1918, pero el armisticio de Compiègne lo salvó de conocer las funestas trincheras del Somme. Era un patriota a secas, ausente de los vaivenes ideológicos y políticos. Así las cosas fueron sorprendidos por la nueva conflagración, en septiembre de 1939, cuando el honor patrio obligó ante la invasión alemana sobre Polonia. Meses después aquello derivaría en la ocupación militar de Holanda, Bélgica y la franja norte del país, cuando las divisiones Panzer de Heinz Guderian y Edwin Rommel sorprendieron al mundo con su táctica «relámpago» —la *Blitzkrieg*—, evitando así la desgastante guerra de trincheras que se veía venir alrededor de la Línea Maginot. Al sur, como es bien sabido, quedó la Francia Libre con sede en Vichy, donde el gobierno colaboracionista del mariscal Phillipe Pétain —héroe nacional de la Gran Guerra— intentó llevar un régimen de salvación nacional evitando los rigores que la Wehrmacht había impuesto en la zona de ocupación. «Trabajo, Familia, Patria», era su lema. La situación duró poco más de cuatro años, sin inocencia alguna, hasta que en el verano de 1944 (y como consecuencia del avance aliado tras el desembarco en Normandía) el ejército alemán secuestró al viejo Pétain para «protegerlo» en Sigmaringa, junto a la frontera suiza. Entonces, definitivamente, los *bosches* ocuparon el territorio de la Occitania.

En esas circunstancia Claudine, que cursaba el bachillerato, conoció a Günther, joven teniente del 86 Regimiento de Fusileros de la División Grossdeutschland.

Günther Hanbauer se había recién matriculado en la Universidad de Berlín cuando en el otoño de 1943 fue incorporado en la infantería de reserva. Tenía veintiún años, era discípulo del arqueólogo Walter Andrae y soñaba con trasladarse, algún día, a la península de Anatolia para continuar las excavaciones de la cultura hitita. Recientemente se habían hallado vasijas de cerámica que se remontaban a dos mil años antes de Cristo.

Lo de ellos fue una amistad que, dadas las circunstancias, derivó en romance impetuoso, aunque no ausente de ternura. El Regimiento 86 sólo permaneció nueve semanas en Foix, y ante el confuso avance de las columnas de Patton y Leclerc, se aprestó a evacuar la comarca.

Durante aquel breve lapso, cuando Günther disponía de alguna tarde libre, paseaba por los alrededores intentando pensar en cosas que no tuvieran que ver con la guerra. Vestía entonces de paisano, para no exponerse a un ataque del *maquis*, y cargaba su pistola en la mochila. Así fue como explorando las montañas de Auzat dio con la Caverna del Holocausto. ¿Debía guardar el secreto?

Ésa fue, de hecho, la razón de su enamoramiento. Günther era bajito, musculoso, inquieto, además que hablaba el francés con soltura. Esa tarde la sonriente colegiala retornaba del liceo con sus amigas cuando Günther la detuvo. Claudine llevaba su bolsa de dibujo de la que asomaban reglas, papeles y escuadras. Günther hacía guardia al pie del puente de l'Ariège y le solicitó unos pliegos de papel. A cambio le ofreció una barra de chocolate Lindt. Juliette, Geneviève y Denise, que la acompañaban, comenzaron a codearse ante la presencia de aquel guapo muchacho.

«Necesito dibujar una batalla definitiva», le aclaró Günther. «Tal vez la última», y eso a ella le pareció un gesto heroico, hasta sublime. Era un secreto a voces: si el avance aliado continuaba con ese ímpetu posiblemente en la Navidad ondearía la bandera yanqui sobre la Puerta de Brandemburgo. O sea que el muchacho quería dibujar la batalla de la derrota. Un artista —sin lugar a dudas— como Eugène Delacroix o Alphonse de Neuville.

El viernes por la tarde la jovencita descubrió un sobre bajo la puerta de casa. Estaba dirigido a ella y carecía de sello postal. *Mademoiselle Claudine*, simplemente, y un pliego del papel que le había obsequiado al soldado alemán. El retazo mostraba el dibujo a lápiz de una rosa. La flor estaba inserta en una lata y su nombre aparecía en la base del recipiente. A Claudine le pareció que ese boceto era lo más hermoso que había mirado en la vida. Luego observó una seña detrás del pliego: «Mañana al mediodía, en el puente, paseo de picnic».

La jovencita Chifflet acudió a la cita con puntualidad. Llevaba una canasta con frutas, queso y pan. Sin embargo, se desilusionó al ver que nadie la esperaba en el lugar y sospechó que ese chasco era el inicio de una aciaga vida amorosa. Hasta ese día nunca había besado la boca de un hombre. ¿Era fea? ¿Tonta? ¿Olía mal? Entonces escuchó un silbido insistente, no lejos de ahí, y descubrió al impaciente *bosche* ataviado como excursionista. Parecía disimularse bajo las sombras del sendero que llevaba a la montaña. Entonces Günther echó a andar apaciblemente y le hizo un gesto, que la alcanzara.

Tardaron más de una hora en llegar a la cañada de Auzat, donde aún era posible toparse con alguno de los osos que habitaban los Pirineos. Günther le ofrecía la mano al cruzar los arroyos, al saltar una zanja, pero luego la soltaba. «Soy una persona honesta», aseguró al iniciar la excursión, «no debes temer nada.»

Habían optado por el camino más dificultoso. Desde la cima del Auzat, aseguraban, era posible divisar el campanario de Llorts, en territorio de Andorra. «No sé si me den las fuerzas para llegar hasta arriba», se excusó Claudine poco después de iniciar el ascenso. «Hubiera sido más fácil por la otra pendiente, donde se internan los cazadores y los alpinistas», pero Günther le ripostó con una sonrisa: «Prepárate», le dijo, «vas a visitar el momento de la Creación. Algo mejor que la Capilla Sixtina».

¿De qué le hablaba? En casa había asegurado que visitaría a Juliette para cumplir una tarea escolar. Que retornaría más tarde. Era sábado de septiembre y el verano apenas concluía.

«En Berlín acostumbraba hacer paseos por el Spreewald, acampábamos en el bosque», le dijo Günther poco antes de plantarse en el sendero que se adentraba en la cañada. «¿Ves aquel árbol? Ahí se esconde la capilla del origen», y señaló un roble inmenso afianzado contra las escarpadas rocas. «Por ahí no llegaremos a ningún sitio», pensó Claudine, pero se dejó llevar.

El tronco era grueso, de corteza casi negra, y parecía apuntalar la pared del desfiladero. Caminaban sobre los pedruscos desprendidos por la erosión de siglos. «¿No pensarás que almorcemos en las ramas del árbol?», quiso averiguar la jovencita, y el teniente Hanbauer le señaló un pequeño hueco. Era una abertura en la roca, imposible de hallar si no era apoyándose en el tronco mismo. «Hace dos siglos seguramente era más accesible, pero el roble la ha tapado», explicó.

Resbalando contra la piedra pudieron acceder a la gruta. A los pocos pasos finalizaba la luz, pero Günther extrajo de su mochila una lámpara de carburo que preparó en cosa de minutos. Con aquella chispeante flama reanudaron la marcha, y fue cuando Claudine preguntó con voz temblorosa: «¿No estarás pretendiendo propasarte, verdad?». «No; jamás. Quiero que compartas conmigo el descubrimiento que hice la semana pasada. Por aquí, dame la mano, son unos cuantos metros.» Así llegaron a esa cámara oblonga, de paredes calcáreas, donde el muchacho concentró el haz de la lámpara.

«¡Un cazador!», gritó Claudine al reconocer aquel trazo en rojo sanguina. Parecía el dibujo realizado por un niño de *kindergarten*: un hombre desnudo corriendo con un arco y dos flechas empuñadas. «Debe de tener por lo menos treinta mil años de antigüedad.» «¿Y tú cómo lo sabes?», la muchacha no salía de su emoción. Günther se ahorró la lección del primer curso de arqueología. «Por lo que vas a mirar enseguida», le advirtió, «en la siguiente cámara.»

Avanzaron a través de ese recinto de humedad y sombras hasta llegar a otra bóveda. Acomodaron la linterna en el suelo y así fue posible contemplar la escena por completo. La pared era casi plana y en ella figuraba una reyerta, ¿de índole ritual? Una veintena de siluetas destacaban alrededor de algo que parecía un ruedo. Los monigotes —porque no eran otra cosa— estaban trabados en una suerte de batalla. Dentro del círculo permanecían siete «hombres» fortachones, de hombros anchos y piernas cortas, pintados de negro y sosteniendo varas que podrían ser garrotes o lanzas. Alrededor de ellos corrían en círculo las figuras menudas, estilizadas, con arcos y flechas sujetos en las manos. Estaban pintados con almagre y dos mujeres, con senos prominentes, participaban en el asedio. «Parecen pieles rojas», comentó Claudine al señalarlos, pero Günther contestó con cierta gravedad: «Es la historia de la masacre de los neandertales», y procedió a explicar:

—Los primeros homínidos arribaron del África medio millón de años atrás, y eran como los miras: robustos, fuertes, lentos y seguramente de escasa inteligencia. Fueron nuestros primos, los neandertales. Los rojos que saltan alrededor somos nosotros, los cromañones morenos que llegamos en la segunda oleada, hace no más de setenta mil años. Somos… y éramos distintos. Más ligeros, más listos, mejor organizados. Y ésa fue el arma que lo decidió todo: el arco y la flecha. De seguro que los pobres gorilones no pudieron entender la mecánica del instrumento. La inteligencia no les daba más que para manipular garrotes, piedras y lanzas que no eran letales más allá de unos pasos. En cambio nosotros, los *sapiens*, inventamos el arco, que fue definitivo para dominar todas las especies. A veinte metros podíamos abatir un reno, un búfalo, un oso, y un grupo de arqueros hasta un mastodonte. Con el arco exterminamos a todos los neandertales que restaban en el continente. Y mira, luego de matarlos naturalmente que nos los comimos. Fíjate bien; hay algunos que han sido descuartizados.

Era verdad. Dos de los monigotes al centro yacían inmóviles; uno sin brazos, el otro sin piernas, y varios de los atacantes color sanguina cargaban en lo alto esas extremidades rumbo a algo que parecía una hoguera.

—Lo que aquí se cuenta fue la última carnicería del Pleistoceno. Carnicería caníbal, por cierto. No lo dudes, preciosa, ésta es la Gruta del Holocausto… Idéntico al que mis camaradas de las Waffen-SS han emprendido contra los herederos de la tribu de Sem, que pretenden exterminar.

Si bien apenas había comprendido la mitad de la disertación, Claudine permanecía con la boca abierta. Entonces el muchacho empuñó un lápiz y procedió a copiar algunas de aquellas figuras.

—Junto a lo que se puede observar en las grutas de Lascaux, Niaux y Altamira, en ambas pendientes de los Pirineos, ésta es una caverna prohibida. Aquellas pinturas ofrecen el desfile sagrado de sus piezas de caza: ciervos, gacelas, caballos; aquí en cambio está retratada la génesis bíblica de Caín y Abel. De la que sobrevivimos no los más fuertes, sino los más arteros.

El muchacho tardó casi una hora en llenar los pliegos obsequiados por Claudine, que lo observaba en éxtasis. Una cámara fotográfica hubiera sido mejor, pero la luz era el problema. Entonces el muchacho pareció afligirse y le confió:

—Esta mañana escuché que dentro de tres días la Grossdeutschland deberá emprender la retirada. Nos necesitan más en el frente oriental, donde los rusos. Allá habré de morir.

—Eso no es justo —dijo ella—. Tu vida… —y ya no supo completar la frase.

—Es un hecho que lo que nos espera es la derrota. El plazo depende del avance soviético en la tundra polaca, aunque no resistiremos más allá del verano próximo. Si nos hubiéramos conformado con Austria y Checoslovaquia, ahora me estaría graduando en la Universidad de Berlín. Pero nadie es dueño de su destino. Ésta ha sido una guerra de locura.

Günther concluyó en silencio el último boceto.

—Y que lo digas —Claudine seguía embelesada por aquellas pinturas rupestres—. Mi padre acudió hace cuatro años a Calais, cuando Francia estaba a punto de claudicar en la frontera belga. Debía entregar quinientas tiendas de campaña que le solicitó el Ministerio de Guerra. Las lonas se confeccionaron a toda prisa en el taller Chifflet para proveer el inmenso campamento de Dunkerque, y ya te digo; no volvió. Habría muerto, fue la conclusión a la que llegamos.

—Qué pena.

El teniente Hanbauer hurgó en la cesta, cogió una pera, ofreció el primer mordisco a Claudine.

—Y ahora que mencionas la retirada en Calais, con aquellas mil embarcaciones cruzando el Canal de la Mancha, la pregunta que surge es: ¿fue una traición al pueblo francés o un recurso desesperado de estrategia? Recuerda; más de 300 mil soldados, fundamentalmente los británicos, se salvaron al ser evacuados.

—Es lo que se dice —Claudine extrajo de la cesta la pieza de queso. Procedió a rebanarla con un cuchillo—. Me parece que éste será el picnic más sombrío de mi vida.

El joven teniente alzó el dibujo para mirarlo a la luz de la linterna y sonrió con gesto aprobatorio.

—Voy a desertar —musitó sin quitar la vista del retazo de papel fabriano.

—¿Dejar el cuartel? —la jovencita partía la hogaza de pan en grandes trozos.

—Me incorporé al ejército porque era una cuestión nacional, no porque simpatice con el partido. Mi evasión se asemeja a lo de ustedes en Calais. Salvarme para continuar con mi pasión por la arqueología. Si permanezco en el frente seré hombre muerto. Pero si emprendemos la fuga hacia España, o Portugal, podremos embarcarnos luego hacia América, y allá completaría mis estudios. Tengo dos primos en Cuba. Y tú, mademoiselle Chifflet, ¿me acompañarías?

—¿Acompañarte?

—Podríamos iniciar una linda familia.

—¿Lo dices en serio? Apenas si nos conocemos.

—Ya lo dijiste. Son tiempos de locura, y solamente un acto más loco nos salvará. Tú lo sabes; hablo bien el francés. Diremos que somos dos recién casados viajando en luna de miel.

Claudine, por primera vez en su vida, sintió que la vida no le pertenecía. Que algo le exigía compartirla. Entregarse. Soltó la cesta y se dejó llevar a los brazos del teniente Hanbauer. Fue el beso más intenso de sus días. Frenesí, le llaman los clásicos.

—Luego vino el capítulo negro de mi vida... —Claudine permitió que el suspiro completara la frase—. Günther y yo huimos el siguiente domingo. Ese arrebato en la gruta fue como un pacto firmado con... no precisamente sangre. Durante el camino, de regreso a Foix, hicimos el plan. Saldríamos hacia España en vísperas de que su regimiento iniciara el repliegue. La noche del 15 de agosto, cuando los americanos desembarcaban en Cannes y Tolón, abordamos el autobús. Los aliados estaban ejecutando un cerco de pinza, desde el Mediterráneo hasta Normandía...

—Perdóname, Clo, pero suena a película. Es decir, qué, ¿habían enloquecido?

—Querido. Yo tenía diecisiete años y el teniente Hanbauer

estaba por cumplir veintidós. Y sí, tienes razón, era una absoluta chifladura.

—Algo que no se te da a ti.

—No sé, el caso es que llegaríamos a la frontera esa misma noche. Así que robé dinero a mi madre y le dejé una nota. Nunca imaginé que un beso pudiera enloquecer a alguien de esa manera. Günther consiguió documentos falsos, es decir, cambió la fotografía del pasaporte que le birlé a mi primo Édouard. Se hizo de ropas civiles, como de estudiante, y también consiguió algún dinero. Pasamos el puesto fronterizo de Puigcerdá, luego nos trasladamos a Manresa, donde fue nuestra verdadera luna de miel. Cuatro noches de no salir casi del hotel. Después viajamos a Huesca, hablando siempre en francés; ahí fue donde Günther envió una carta a sus familiares en La Habana, avisándoles. Luego en Zaragoza, bajando del tren, Günther tropezó y lanzó una imprecación; «*Oh, Verdammt! Teufel tausend!*», que llamó la atención de los guardias civiles. Uno hablaba alemán y lo encaró en la comisaría. Lo obligaron a confesar. A mí me deportaron en un tren que iba a Perpignan. La ciudad acababa de ser liberada. Había americanos por todas partes, paracaidistas británicos, guerrilleros españoles. Y fueron los partisanos del *maquis* quienes se hicieron cargo de mí. Enseguida me cortaron el pelo, salvajemente, con tijeras de carnicero.

»Al llegar a Foix, maniatada en un carro de las "fifís", me tocó presenciar una escena espantosa. Mi madre había sido vejada, rapada como yo y era paseada desnuda por la plaza de la ciudad. Estaba demacrada, con la nariz rota. Unos milicianos de la FFI la arrastraban con una soga igual que una loca furiosa. «¡Puta nazi!», le gritaban. «¡Ramera del *Herr Komandant*!» Y la gente del pueblo, «¡Bola de sebo! ¡Bola de sebo!», como el personaje de Maupassant. Me llevaron entonces ante su presencia y entonces, al reconocerme, ella gritó: «¡Claudine, corre!», porque sabía lo que me esperaba. El asunto era que, como había volado el rumor de mi fuga con el teniente Hanbauer, a mi madre la culparon de colaboracionista. Ella se negó a delatarme; no sabía nada, les dijo. Destruyó la carta que yo le había dejado. En ese momento me atacaron a golpes, me arrojaron al piso, me patearon hasta cansarse. Comencé a vomitar sangre, tuve una hemorragia tremenda y semanas después, en el hospital, sabría que me habían reventado el útero. Así nunca pude saber si estaba embarazada del teniente Hanbauer. Pobre Günther, nunca nos hicimos una foto. Sólo conservo su dibujo, que siempre cargo conmigo.

Entonces Claudine abrió su bolso y sacó un muñeco que colocó sobre la cómoda. Después extrajo un sobre donde atesoraba la hoja de papel fabriano. Estaba doblada en cuatro y tenía los bordes luidos. Ahí permanecía aún la rosa a lápiz, además de una modesta firma en la esquina: *G H*.

—¿De Günther ya no supiste nada?

—La última vez que lo vi fue en la comisaría de Zaragoza. Después nada. Seguramente lo deportaron a Bayona, que aún estaba en poder de los alemanes. Supongo que lo habrán colgado, o fusilado en el mejor de los casos. *Pauvre de mon petit mari…*

Le pellizqué con dulzura los labios, lastimados de tanta fatalidad.

—Bueno, he cumplido con tu condición —le dije.

—¿Qué condición?

—La que me impusiste. Que después de escuchar el relato no te rechazara —busqué su mano y se la besé—. Todos guardamos historias negras, más o menos negras.

—Y que lo digas. Pregúntale a Pancho.

—¿Cuál Pancho?

Clo señaló el muñeco sobre el mueble. Era un payaso triste, con bombín a lo Chaplin y una sonrisa de labios pintados.

—Un regalo especial, me acompaña desde México en aquellos deliciosos años.

—¿La pasaste bien con tu marido?

Me devolvió una mueca ambigua.

—Me encantaba pasear por el bosque de Chapultepec, remar en su lago. O visitar el mercado de La Merced, donde aprendí el verdadero español mejicano.

—Pensé que te lo habría regalado tu padre en Navidad.

Claudine sonrió al señalar al payaso triste. Era lo más hermoso de ella; la sonrisa de Afrodita.

—Ésa fue la otra sorpresa.

—¿Cuál?

—Que a los pocos días de sufrir los rigores de la *Dépuration*, papá regresó a casa.

—¿Regresó? ¿Pero no lo habían…?

—Era un héroe de la Resistencia en el norte de Francia. Había pasado a la clandestinidad en la zona de Amiens. Gracias a su retorno se interrumpieron los ultrajes contra Josephine y contra mí, y concluyó la sentencia de la depuración a la que nos habían sometido. Claro, Jerôme tenía allá otra mujer, con dos hijos. Por eso evitó contactarnos durante esos años.

—Tu padre, el héroe del semen.

Claudine rio.

—Ya ves. Él también.

Llamémosle El Ratón de Santa Marina. Estábamos acostados en el piso cuando se le ocurrió trotar sobre nosotros. Éramos los únicos peregrinos en el albergue, lo que nos había permitido refocilarnos a gusto, cuando ocurrió la sorpresiva visitación.

Claudine prefería hacer el amor sentada sobre mi vientre, apoyando sus manos en mis hombros, demorando sus movimientos de vaivén. No cerraba los ojos, me miraba y soltaba en francés monosílabos obscenos. Era su gusto.

Pagando cien pesetas «de plus» nos habían proporcionado dos edredones extra, que empleamos como colchonetas. Serían las tres de la madrugada cuando el pequeño roedor decidió excursionar sobre nuestros cuerpos desnudos. Saltó sobre mi hombro, corrió a lo largo de mi espalda, brincó sobre el trasero de Clo y recorrió su muslo para abandonar por la corva.

—*Merde, merde! Maudite souris, sale bête!* —gritaba ella, entregándose a la histeria.

Ya no pudo conciliar el sueño. A ratos temblaba, me acariciaba el tórax, parecía no quererme dejar dormir (cuatro verbos). Un ratón es simplemente un ratón, le había dicho, y la mejor garantía de que en el sitio no convivían las ratas, que son ciertamente repugnantes. Pero ella no se dejó convencer. Me abrazaba, susurraba palabras tiernas en mi oído, *mon seigneur, me soignerez-vous à partir de maintenant?* Era como mi madre en la infancia, mi hermana Yolanda en su adolescencia, Gina durante el primer año del concubinato. Dulzura, ternura, caricias y (no lo debiera escribir) el polvo de los sepulcros amenazando.

Y hablando de ella, debí advertirle con la primera luz del amanecer.

—¿Dónde sepultarías a tu madre?

Clo suspiró. Tenía el insomnio curtiéndole las ojeras. Se rascó una axila antes de responder.

—¿Por qué lo preguntas?

—Porque en Astorga, este mediodía, deberé enterrar a mi madre. La traigo conmigo.

—¿Traes a tu madre? —interrogó desconcertada.

—Cuatrocientos gramos de ella —señalé mi mochila en la esquina de la habitación—. Cuando murió, Yoris y yo decidimos cremarla. Su padre nació en Astorga mucho antes de la Guerra Civil. El clásico emigrante que deja todo «para hacer la América».

—Sé lo que es eso. Una parte de mí también «hizo la América». ¿Qué hacía tu abuelo?

—Levantó un negocio imbatible que luego vendió y se dedicó a vivir de los réditos en Bonos del Ahorro Nacional.

—¿Qué negocio es imbatible, Matías?

—Un hotel de paso que construyó sobre la avenida Arcos de Belem. Primero dos pisos, después cuatro. Se llamaba «Hotel Verduzco» y era el preferido de los puesteros del mercado de La Merced. El amor no perdona, tú lo sabes.

—Yo lo sé.

—Solamente lo visité un par de veces, muy chico, y me sorprendí al ver a los huéspedes que pululaban ahí por la tarde. «¿Quién es esa gente?», le pregunté a mi abuelo, y él respondió, «gente del arte», lo cual no era precisamente una abstracción.

Clo frunció el ceño. Se volvió hacia la esquina del dormitorio.

—¿Ahí cargas a tu madre?

—Xóchitl María —la nombré con un sentimiento hostil—; bailarina del Ballet Folklórico de Amalia Hernández.

Claudine arqueó las cejas.

—Ah —dijo, y tardó en añadir—: ¿Una artista?

—Duró ahí algunos años, hasta que la maternidad la apartó del foro. Su pieza favorita era «El Querreque», un zapateado huasteco que le salía de maravilla. Armando de Maria, un crítico de danza, afirmó que «incendiaba la duela» —sentí un leve mareo—. Ay, mi madre... tanta falta que me ha hecho.

—¿Xóchitl, era su nombre?

—Nombre náhuatl, tú sabes, que quiere decir «flor». Xóchitl María Verduzco, que se dejó morir cuando mi padre nos abandonó —me temblaba la voz—. Enjutarse con el paso de los días, consumiéndose como una calabaza a la intemperie. Apenas comía; permanecía en su poltrona escuchando la estación XELA...

—«Buena música, desde la Ciudad de México» —recitó ella.

—Precisamente. Muy de vez en vez nos pedía que la lleváramos al teatro. Pero en cosa de dos años se marchitó por efecto de la anemia...

Claudine había enmudecido. Su rostro parecía revisar las estaciones del pretérito.

—Mi madre murió en São Paulo —musitó—. Ahogada.

—¿Ahogada?

—Phillipe había sido comisionado al consulado como primer secretario. Ahí permanecimos tres años, de 1955 a 1957, antes de la temporada en México. Un buen periodo después de la expulsión de Indochina —Claudine se había sentado en flor de loto; masajeaba sus rodillas—. Después de enviudar, Josephine llegó con nosotros a Brasil. El consulado estaba recién inaugurado luego que la embajada fuera trasladada a la nueva capital en el corazón de la selva. Brasilia.

—Supongo que querías mucho a tu madre.

—La verdad, Josephine y yo quedamos escadaladas... ¿así se dice? *Embrouillées.* Ya nada fue igual luego de nuestra experiencia en los días de la liberación. A ella, en secreto, seguían diciéndole «Bola de sebo».

—Es lo que mencionaba el maestro O'Gorman. Las guerras dejan dos tipos de muertos: los de los panteones y los perpetuos, que son los «muertos en vida».

—Algo así. Pero Josephine continuó con su negocio de telas, aunque se quedó prácticamente sin amigas. Además que ese escarnio... ella paseando desnuda por la plaza, fue imborrable. Incluso circulaban fotos.

—¿Y tú? —temí ser demasiado duro—. ¿Lo superaste?

Suspiró. Deslizó una mano por mi cuello.

—Nunca olvidaré esta noche; la noche del ratón.

—El Ratón de Santa Marina del Mar, que así se llama el lugar.

Clo me dirigió una mirada extraña. Distinta. Como la del ladrón que ha sido pescado *in fraganti.*

—A Phillipe lo conocí en Marsella —retomó la evocación—. Cada vez que podía me fugaba a su playa, Pointe Rouge, donde vivían mis primos, los Chifflet Pinaud.

—La guerra había terminado...

—Sí. Yo pensé que ya nunca amaría a nadie; a nadie como a Günther. Pero no fue así.

—El cónsul Phillipe —resumí—. Gran amor de tu vida.

—Ni tanto —sonrió.

Clo buscó entonces el brasier y procedió a ceñírselo.

—¿El gran amor…? —repitió—. Nos casamos a los pocos meses. Él trabajaba como auxiliar en el Ministerio de Asuntos del Exterior y le ofrecieron una plaza de secretario asistente en Saigón. Y nos fuimos sin pensarlo. Supuse que lejos de Francia el mundo me perdonaría. Y allá, en Indochina, fue que descubrí las manías de Phillipe.

—No existe el marido perfecto, yo lo sé. ¿Sus manías?

—En São Paulo, en 1957, una mañana hallé a mi madre en el fondo de la alberca.

—Josephine, ahogada, me contabas.

—Sí. La casa que rentábamos tenía una bonita piscina. Josephine no flotaba y Phillipe se hallaba ese día viajando por Buenos Aires. Gian Carlo se encargó de todo, tan servicial.

—¿Gian Carlo?

—Es el asistente de mi marido; es decir…

—Es decir.

—Su asistente desde Brasil. Luego viajó con nosotros a México, a Canadá. Siempre lo acompaña en su oficina.

—En su oficina.

—Ay, Matías… usa tu imaginación.

—Pues me estoy imaginando algo impropio.

—Eso. Ellos son discretos, muy discretos, y eficientes como un reloj suizo. Resuelven todo en los foros, redactan acuerdos impecables, fueron premiados por el presidente Georges Pompidou con la Medalla Nacional del Mérito.

—Y tú, su mujer —solté con sorna.

—En el papel, sí. Desde São Paulo me di cuenta de que yo, como hembra, no le importaba demasiado.

—Qué pena.

—Además, como no podía darle hijos… ni a él ni a nadie, eso aumentó la distancia. A veces, sí, jugábamos un poco en la cama. Sobre todo cuando había champaña —se alzó del piso y fue al rincón del aposento donde asió mi mochila—. ¿Cuatrocientos gramos, dijiste? —y me la entregó.

Hurgué al fondo buscando la lata de las galletas de mantequilla, pero había desaparecido.

—¡Carajo!

Saqué todo con violencia, pero entre las camisetas y los rollos de película no quedaban más que la guía Berlitz y la novela de mi padre, *¡Me quedan cinco tiros!*, que quedó ahí encimada, como evidencia de la rapacería.

Me habían robado a mi madre, es decir, sus cenizas.

Claudine miraba aquello con gesto angustiado. ¿Y luego?

—¡Cabrones peregrinos! —gruñí—. ¿Dónde me la robaron?

No existía la respuesta. Nadie podía decir palabra. Ni el temerario ratón de Santa Marina.

Xóchitl María sustraída (con todo y su urna de Mac'Ma) y la madre de Claudine inmóvil en la piscina. ¿Qué diría el doctor Freud? «Una madre es una madre.»

—¿Cómo puede un cuerpo reposar en el fondo de una alberca? Perdóname, Clo, pero hasta donde sé los ahogados flotan.

Claudine estaba resentida. Evitaba mirarme, fumaba demasiado. Me hizo recordar el chiste aquel, misógino rotundo, de la mujer que se queja de haberse contagiado en un baño público de una severa menopausia. Ahora se comportaba de modo menos espontáneo —tal vez aconsejada por su ángel guardián—, aunque de seguro sintiéndose culpable por la pérdida de mi madre. Es decir, el rapto.

Era necesario exhumar en absoluto lo de ellas, nuestras madres. Desempolvar los pendientes, extraer la placenta, los reproches. Zanjar el Edipo.

—¿Me vas a contar?

Habíamos rodado cuarenta kilómetros, de Astorga a Ponferrada, con algo de lluvia. Debo decir que en Astorga logramos entrar al impresionante Palacio Episcopal, obra que Antonio

Gaudí dejó inconclusa en 1893. Tardamos varios minutos en subir su altísima atalaya, que alcanzamos resollando. El castillo ha sido acondicionado como Museo de los Caminos de España, aunque esconde mala sal: fue cuartel de la Falange durante los años del franquismo.

—¿Y si me caigo de aquí? —había bromeado ella al asomar con los brazos como golondrina.

Apenas si cabíamos. Estábamos a cincuenta metros del piso y a lo lejos se observaba la Cordillera Cantábrica. Siglos atrás allá imperaron los astures de esta Augusta Astúrica romana. O sea, Astoria.

En vez de responder la abracé con fuerza, le cogí las nalgas, la besé mordiendo como nunca en lo alto de esa fortificación.

—Me voy al carajo contigo —le respondí y luego—, ¿pero qué necesidad, muchacha?

Así era nuestro juego. Y conforme nos íbamos quedando solos se volvía más ordinario: sacudir su melena, arañarle la espalda, nalguearla apenas caminar, cogerle de sorpresa el coño, cogerle las tetas, cogerle la boca hasta doler. Ese verbo. La verdad es que se dicen muchas cosas de las francesas; hay que creerlas.

Pero se negaba a responder.

—¿Me vas a contar, Clo? Supongo que debe ser triste pero me has despertado el morbo. ¿Cómo se ahogó tu madre? ¿Por qué no flotaba?

Después del hurto del sacrosanto relicario de Xóchitl María, mi amante permanecía evasiva.

Debo decir que habíamos salido del hostal Ataúlfo Visigodo, en Ponferrada, a pasear por la tarde. Silenciosos y abatidos. ¿Abatidos? Visitamos el castillo de los templarios y, dado que era martes y no había turistas, retiré la cadena de la prohibición y sujetando su mano la arrastré escaleras arriba, hacia la muralla, aunque respiraba con dificultad.

—¿Nunca has amado en un lugar tan provocador? —la desafié.

—Ni que fuera Rapunzel —se defendió esquiva.

¿Qué ocurría?

Minutos después abandonamos el castillo y los cuentos de la infancia. Más allá del puente levadizo se extendía la calzada, sembrada de guijarros. Conducía hacia el valle de Ponferrada y avanzamos por ella en silencio. La brisa discurría impasible, aislados turistas paseaban por el lugar, compramos dos vasos de horchata en un puesto a la intemperie —«horchata de chufas»— y caminamos buen rato.

—Clo, cuéntame —insistí más adelante—. ¿Cómo fue que hallaron a tu madre en esa alberca?

Estábamos tirados sobre la yerba, junto a un viñedo en las afueras de la ciudad. El calor se disipaba y el cielo comenzaba a perder claridad. La señora de Magné me desabotonó la camisa para picar los pectorales con una espiga. Me estaba castigando.

—Matías, por favor, no insistas —musitó sin mirarme—. Mi vida es un cofre de secretos.

—Insisto, muchacha. ¿Por qué tanto secreto?

—No me hagas hablar.

—¿Qué te cuesta, Clo? ¿O qué, la ahogaste tú? —me permití bromear.

—Ojalá que a tu madre y su caja de latón no la hayan arrojado al comedero de los cerdos —dijo con súbita rudeza.

Quedé estupefacto.

Enseguida, como si no hubiera pronunciado nada, soltó:

—Hacía años que Josephine permanecía postrada en su silla de ruedas. Así, ¿cómo iba a flotar?

—Ah, coja —quise adivinar—. Se habrá roto la cadera.

—No. Parkinson. Ya no se podía valer por sí misma. Era un mueble humano defecando a toda hora.

Imaginé el cuadro. Nada que envidiar. Primero vapuleada por el *maquis*, luego crucificada por Dios.

—Perdón, no sabía.

—Su padecimiento fue más o menos breve. Desde que llegó a Brasil ya se ayudaba con un bastón. Además se expresaba

155

con mucha dificultad; nunca pudo articular la palabra «gracias». Poco después dejó de hablar.

—Difícil, supongo.

—No era capaz de masticar sus alimentos, había que prepararle una papilla, como a los bebés. Lloraba a solas. Le gustaba descansar bajo los árboles —Clo rodó en la yerba, se resistía a mirarme—; teníamos un bonito jardín en el barrio Bixia. Permanecía largo rato mirando las dos cacatúas que teníamos en una jaula. Y la piscina, desde luego, donde nadaba desnuda por las tardes.

—¿Desnuda? —rezongué.

—No, desnuda yo. Nadaba desnuda para cansarme y dormir de un hilo… Una tarde ofrecimos una fiesta. Nos visitó el embajador, monsieur Mayeux, con sus guardaespaldas. Habían dejado sus armas sobre un sofá de la terraza… algo totalmente fuera de protocolo, y mi madre permaneció allá mientras ofrecíamos el coctel en el jardín. Alguien preguntó, «¿Qué es lo que tanto mira tu madre? Tiene varias horas sin moverse de ese lugar». Ciertamente que Josephine era capaz de desplazarse, aunque torpemente, en su silla de ruedas. Así que subí para averiguar y la descubrí contemplando el par de pistolas. Lloraba. Luego me miró con ojos… no sé, ¿rabiosos? porque ya no era capaz de pronunciar palabra. Y lo comprendí todo. ¿No era obvio? Tres días después amaneció ahogada en el fondo de la piscina.

—¿O sea…?

—¿No entiendes?

—Pero ¿arrojar a tu madre en esas circunstancias?

—Ella dio la vida por mí… ya te lo conté días atrás. Recuerda; ella pagó el precio por ocultar la fuga que tuve con Günther hacia Portugal. Por mi culpa la convirtieron en «Bola de sebo». ¿No sería un acto de justicia devolverle…?

—¿Entonces, tú…? —la interrumpí.

—¡No seas estúpido! Hay secretos impenetrables. La armonía del mundo flota sobre una corteza de mentiras.

—Es que no puedo imaginar ese día. Tú empujándola…

—Fue a media noche.

—¿A media noche? —percibí la escena—. Supongo que te habrá ayudado Phillipe, tu marido joto.

—¡No, cómo se te ocurre!... Fui yo sola —Clo estaba irreconocible—. La saqué de su cama, la deposité en la silla de ruedas. Le di una copa de coñac en sorbitos y luego un beso en la frente. Comenzamos a desplazarnos hacia el jardín.

—Empujándola al cadalso... —pero ella me interrumpió:

—¿No se dejó morir tu madre por la desolación?

—Son casos distintos —la rebatí—. Mi madre se dejó escurrir, simplemente. Escurrirse de la vida.

—¡Es lo mismo, Damián! ¡Morir es morir, entiéndelo!

Callé. Mis pulmones se paralizaron.

—¡No te robaron las cenizas de *tu madrecita* por irresponsable? —clamaba con los puños crispados—. ¡Su destino era ése, perderse en el aire! No alcanzar una sepultura.

—Eres muy dura, Clo. Y por cierto...

—¡Puedo ser mucho peor...! —y de pronto saltó para señalar hacia lo alto—: ¿Ya viste?

En el púrpura del firmamento volaba una estrella fugaz. Uno, dos, tres, cuatro largos segundos.

Nunca había mirado una en la vida.

—Habría que pedirle un deseo —musité.

—Pídelo tú. A mí ya se me cumplió.

Me asaltó un dolor en el pecho. «Volver a México», suspiré sin saber el modo ni cuándo. Un deseo como cal viva.

—Ahí están —insistió—. Han venido por ti.

Me asusté un poco y miré hacia el llano. ¿Venido quiénes?

—Allá, ¿no las ves? —Clo insistía en señalar hacia lo alto—. *Ce sont les étoiles de Tchernobyl.* El regalo de cumpleaños que me debes...

—Con todo y cesio 137 —musité con la derrota devorándome.

Éramos como víctimas del universo. La noche culminando, la Luna ausente, el aerolito extinguido y aquellas primeras estrellas como testigos de mi desamparo.

—Clo, por cierto que no me llamo Damián —era el momento de aclararlo—. Yo soy Matías, su hijo.

La mujer de Magné se pasmó. Clavó en mí sus ojos de terror. Le temblaban los labios. No podía pronunciar más.

Me alcé en silencio y me encaminé rumbo al hostal.

Más allá del viñedo relucían las farolas de Ponferrada. Semejaba un Nacimiento navideño, como los de mi infancia.

Pancho era la prueba. Damián Ceniceros, mi mezquino padre, le había regalado ese miserable muñeco durante un viaje secreto a Guanajuato. Una feria popular, un puesto de sorpresas, tres aros por diez pesos y uno que resbaló ajustadamente sobre el payaso con cara de imbécil. Y se lo obsequió. Nada más nunca después.

—Jamás lo hubiera sospechado —terminé por aceptar—. Yo imaginaba que la «gabacha» sería rubia, gringa, a lo Jayne Mansfield. Nunca alguien como tú.

—Y yo, al mirarte aquel día, pensé que eras un regalo de Dios —forzó la sonrisa—. ¿No te han dicho que eres idéntico a Damián… es decir, cuando tenía tu edad?

—La maldición genética —terminé por aceptar—. Mi hermana me lo recuerda todo el tiempo.

—Ay, Tlacuache; por eso me cautivaste.

—Solamente él me llama así.

—Lo sé —se mordió los labios—. Y no quise averiguar más hasta que…

—Mi madre robada —la interrumpí.

—Ayer, al asomar de tu mochila su famoso libro, lo entendí todo. *¡Me quedan cinco tiros!*, el emblema que le abrió todas las puertas.

—La gabacha, «la maldita gabacha», gruñía mi madre en su abandono.

Algo había en el aire y yo me negaba a romper el hechizo. Claudine arrojó la mirada como si fuese una piedra.

—Y yo, que no creía en la magia —la impavidez habitaba en su semblante.

Asco, resentimiento, despecho. Las sensaciones bullían dentro de mí. ¡Compartiendo la misma mujer con mi padre! Eyaculando ambos en la misma vagina. Amante yo de la cortesana que le dio muerte (fue la causa) a Xóchitl María, mi madre.

—Los «gabachos» somos los naturales de Francia, al pie de los Pirineos. Debías saberlo, Matías. A tu padre le gustaba jugar con el concepto.

—Entonces... —solté con la bocanada de humo— no la pasabas tan mal en México.

Fumábamos en la terraza del hostal. Era la mañana del viernes 9 de mayo. Hacía un poco de fresco.

—La verdad, no. Fueron muy buenos años, seguramente los mejores de mi vida. Nos conocimos en un coctel de la Embajada de Polonia, en 1962.

—Sí, me acuerdo. Por aquel entonces mi padre era presidente de la Asepacos... la Asociación de Escritores y Periodistas Amigos de la Comunidad Socialista —rememoré—. Hizo un largo viaje con Efraín Huerta y Renato Leduc por esos países... Alemania Democrática, Checoslovaquia, Hungría, Polonia, la URSS. Luego publicaron aburridos reportajes de ese periplo.

—Sí, me lo contó —Claudine conservaba sus pantaloncillos recortados; se estiró las calcetas—. Damián y yo nos reencontramos días después en el lago de Chapultepec donde yo remaba todos los jueves. Esa tarde fui a su estudio en la calle de Bajío, y sí, nos hicimos amantes. Salíamos de paseo, al teatro, me invitaba a cenar. El frenesí duró todo 1963 y 1964. Y así las cosas... le anuncié a Phillipe que lo dejaba. Que iniciara los trámites del divorcio. En noviembre de ese año montamos una casa para vivir juntos. Muy linda, con un pequeño jardín, en la colonia Narvarte. Pero Damián sólo pasó allí dos noches. Algo ocurrió en su turbulento corazón y me repudió.

¿Se arrepentía? El caso fue que comenzó a beber de manera descontrolada… y a principios de 1965 regresé con Phillipe.

—¿Y entonces?

—Lo debes saber; cuando tu padre se entrega a la copa se convierte en un monstruo. Por causa de su alcoholismo fue que rompimos definitivamente. Incluso perdió el trabajo en el periódico donde lo habían nombrado subdirector.

—Sí, *El Día*; me acuerdo.

—Una noche fue a buscarme al Instituto Goethe, donde estudiaba alemán. Me arrastró a su estudio, lloró ante mí, intentó poseerme pero no se lo permití. Entonces me golpeó, y después de eso ya nunca más.

—Fue el año en que murió —recordé con el nudo en la garganta— …se dejó morir mi madre. Papá nos había abandonado. Vivía en un apartamento en la colonia Roma.

—Me acuerdo; Bajío 127, segundo piso, lleno de polvo y cucarachas. Con vista al Panteón Francés.

—Yo tenía veintidós años. Nunca imaginé que tú…

—Créeme, muchacho, Damián era un hombre extraordinario. Lo amé horrores… aunque ahora me duela decirlo. Y Phillipe, al enterarse, me suplicó: «Sólo te pido que no haya escándalo. Ese individuo es amigo del presidente… una suerte de empleado suyo; y yo con Gian Carlo permaneceré impasible. En realidad nada ha sucedido, Claudine. La gente nace, elige, ama, disfruta, sufre y muere. Jamás te pediré el divorcio, porque en el fondo te quiero. Te amo a mi manera».

—¿Eso te dijo?

—Más o menos.

Asco, resentimiento, despecho, sí, pero también conmiseración, conmiseración y piedad, piedad y amargura. Sentía ganas de gritar, intuía que esa noche sería de insomnio y lágrimas. Necesitaba estar solo.

—¿Y ahora, Matías, qué ocurrirá?

Suspiré. Tuve el impulso de agredirla, soltarle una bofetada. Soy hijo de mi padre, después de todo. ¿Por qué me había engañado?

Por encima de su venerable edad, Claudine conservaba aún la hermosura que enloqueció a mi padre. Sus ojos de claridad inescrutable, su irresistible sonrisa, ya lo he dicho. Yo era dichoso con tenerla entre los brazos.

—Supongo que me iré solo.

—Es decir, me dejas.

—Tú lo has dicho.

—El Camino de Santiago es largo —suspiró ella—. Cabemos miles en pos del apóstol.

—Eso creo.

—Intentaré completarlo como se lo prometí a Hélène —dijo al apagar su Ducado—. Quiero que sepas algo que podría sonar cursi. Permíteme decir que has llenado de dicha mis días.

Volví a suspirar. Hacía esfuerzos por ignorar al fantasma de mi padre merodeando alrededor.

—Y tu marido, Clo, ¿aún vive?

—Sí, claro. En París. Es asesor del ministro de Asuntos Extranjeros. Medio jubilado, medio pensionado; comparte una casa con Gian Carlo en Buttes-Chaumont, junto al parque.

—Vaya relación —musité con sorna.

—La de Phillipe Magné es una vida apacible. Sin excesos, sin sida; y por prescripción médica, sin sal en la mesa. Cada seis meses se hacen una revisión en la clínica. Y supongo que son felices, medianamente felices.

—¿Y tú?

—*Je suis une catastrophe*.

Entonces escapó una lágrima, como dicen en las novelas. Su traicionera lágrima.

—¿Te vas en la bici? —indagó.

—Sí, claro.

—Pero mira, parece que lloverá más tarde.

—He resistido peores tormentas. Tú lo sabes.

—¿Entonces? ¿Adiós, Matías?

—Eso creo.

—Y perdona.

—No hay nada que perdonar.

—«Ha sido un placer»... así dicen ustedes, ¿no? —quiso bromear.

—Pues sí; debo reconocerlo.

Alcé mi mochila y cuando destrababa el candado, adivinando ya el trayecto hacia O Cebreiro, Claudine me detuvo:

—Hay algo que quisiera contarte, Matías. Algo que no le he confiado a nadie.

—¿Hay más?

—Creo que deberías saberlo antes que me lleve el secreto a la tumba.

—Suena medio tétrico, señora Chifflet —ya empuñaba el manillar de mi bici—. ¿Qué hay?

—Mira, ahí enfrente, en ese bar, te invito una cerveza. Luego te vas igual. Sería bueno que me escucharas.

—Vamos pues —terminé por aceptar.

No tenía nada que perder.

A poco de desembarcar en Valencia, el lunes 19 de julio de 1937, Damián Ceniceros Velarde comprendió la magnitud del desastre. No bien había abandonado la aduana cuando los muelles fueron barridos por las bombas que soltaban los Heinkel de la Legión Cóndor. Eran doce aparatos buscando destruir los almacenes, las grúas, los barcos allí surtos. Lo acompañaba el motuleño Cándido Chi, el Gato, que al igual que él tenía veintidós años. Fueron destinados a la famosa Brigada Mixta 86, donde recibieron el entrenamiento de rigor. Primeros Auxilios, Pensamiento Marxista, Prácticas de Tiro en las que el yucateco demostró una admirable destreza. En octubre su pelotón (constituido por 33 «internacionales») fue enviado al frente del Jarama. La primera noche en las trincheras Damián cayó presa del «pánico de guerra», soltó su fusil y así, indefenso y sudando frío, fue capturado por una patrulla enemiga. Una semana después, luego de ser torturado durante varias noches, decidieron enviarlo al campo de concentración de Bujalance. Ahí fue clasificado como «desafecto con responsabilidad», lo que significaba que su fusilamiento no sería prioritario. A poco de eso una carta con pretensiones diplomáticas llegó al Palacio de Yanduri, en Sevilla, donde el generalísimo Francisco Franco había establecido su cuartel de guerra. Estaba firmada por Martín Luis Guzmán y Gilberto Bosques, quienes abogaban por salvar la vida de ese «jovencito aventurero» que ya el gobierno mexicano «se encargaría de meter en cintura». Eso le prorrogó la vida, pero no la sentencia. Continuó siendo un «desafecto» del nuevo régimen, pero «con responsabilidad media». Tal vez al final de la guerra, junto con los combatientes ingleses y polacos destinados a ese penal, podría ser canjeado ante la evolución de los acontecimientos. En las barracas de Bujalance, comiendo sopa de pan y patatas con piltrafas, Ceniceros Velarde conoció las historias y tragedias de muchos otros prisioneros republicanos. Algunos le ofrecían su testimonio en la víspera del fusilamiento. A poco de eso, el 13 de febrero de 1938, ocurrieron dos eventos que marcarían su vida. Ese domingo nevó en Córdoba, donde estaba la prisión, y además había sido anunciada una corrida sensacional: Manuel Jiménez *Chicuelo*, Gitanillo de Triana y Joaquín Rodríguez *Cagancho*, que lidiarían seis miuras en la plaza de Los Tejares. Todo un acontecimiento. Así que media Córdoba hizo lo imposible por asistir a la fiesta brava, citarse en los alrededores del coso para conseguir una entrada o saltar la tapia del redondel. La mayoría de los custodios excusaron cualquier pretexto a fin de presenciar la faena de esos monstruos del capote. Y como empezó a nevar —suceso que no ocurría hacía veinte años—, el fenómeno distrajo a los tres guardias que permanecieron en el presidio. Damián robó un gabán, cavó en el extremo de la alambrada y en cuatro jornadas de marcha nocturna —siguiendo el curso del Guadalquivir— alcanzó Sevilla donde se hizo pasar por imbécil. Un pordiosero abandonado de la mano de Dios. Al iniciar la primavera llegó a Cádiz donde se ganó la amistad de unos pescadores que consintieron en trasladarlo a la playa de Tavira, ya en suelo portugués. Ahí logró comunicarse por vía telefónica con la legación mexicana en Lisboa y, una vez más por la intercesión del embajador Bosques, fue rescatado, alimentado y embarcado a bordo del vapor *S.S. Leicester*, que lo depositaría en el muelle de Tampico la tarde del 7 de mayo de 1938.

A su encuentro acudió José Mancisidor, y Damián Ceniceros lloró en sus brazos durante un rato. «La nieve, la nieve», fue lo primero que le dijo, «qué hermosa es la nieve»; antes de relatar la mentira que había urdido en la travesía. La patraña que un año después asomaría en las páginas de *¡Me quedan cinco tiros!*, y que lo encumbraría como un guerrero enaltecido por las cicatrices de los muertos.

Agua para beber

Ése fue el legado de madame Chifflet. La revelación de aquellas charlas de alcoba en las que Damián Ceniceros le había confiado su traición. ¿Así que un traidor? No. ¿Impostor? No precisamente. ¿Farsante? ¡Eso! Mi padre, Damián Ceniceros, un farsante de toda la vida.

En la guerra coexisten dos obligaciones elementales: aniquilar al enemigo, desde luego, pero también salvar la vida. La propia vida. Era algo que compartíamos mi padre y yo, aunque en circunstancias distintas. Así que debía retornar al punto de inicio, al menos anímicamente, cuando en Auvers sur Oise decidí que El Camino (con mayúsculas) me permitiría escabullir de mis persecutores. Era lo que había ordenado el licenciado Ezequiel Tavares a través del cable interoceánico.

Adiós.

Llevaba pedaleando varias horas cuando me asaltó una carcajada. Tuve que detenerme. Había imaginado la cara del ladrón al destapar la caja de galletas, «surtido danés», y enfrentar las cenizas de mi madre. ¿Qué clase de broma encerraba aquello? ¿Y si probaba las reliquias imaginando un delicioso pinole? Mi madre comida por un peregrino santiaguero. Comulgándola. Lo más probable (me consolé) era que el ladrón ya hubiese arrojado aquella escoria a un lado del Camino. De seguro que alguna partícula, llevada por el viento, acabaría por aterrizar en la añorada Astorga de sus abuelos. Polvo al polvo, lo estipula el Antiguo Testamento.

La campiña leonesa es menos árida que el territorio castellano. Será que la humedad oceánica llega con los alisios y mima el terruño diseminando huertos y dehesas donde medran los corderos. En las llanuras más altas, por cierto, crecen los viñedos «castigados de sol» y que escurren hacia el Duero. Algunos de ellos producen el famoso vino verde gallego.

Dos días después del cisma, a punto de llegar a Portomarín, me pareció ver el Citroën referido por madame Chifflet. Destartalado, la carrocería en verde y el techo rojo, modelo DS (aquel con forma de pato). Iba pedaleando distraídamente por la carretera antigua cuando lo vi pasar a doscientos metros, por la autopista que corre paralela.

Posiblemente ahí viajaban los verdugos de la secta Chicome Técpatl de la que escapé —un año atrás— en las inmediaciones de la Cabeza de Juárez. ¿Cómo se llamaban sus atávicos miembros? El carpintero Simónides; Pedro Tilmiztli, que es... o era radiotécnico; el sepulturero Cuauhtli y El Cuatro, mi estrábico ejecutor. Un súbito repelús me recorrió el cuerpo. ¿O se trataría de una pandilla de sicarios perteneciente a la temible Cofradía Nacionalista del Tepeyac? La verdad, ya no me importaba.

Me sentía disminuido, igual que si me hubiese pasado encima el *bulldozer* que trajinaba en el embalse del río Minho, no lejos de ahí. Experimenté de nueva cuenta un largo escalofrío y en algún punto debí detenerme para vomitar. Algo me ocurría. ¿No me habrían envenenado en la tasca de Sarría, donde pernocté? Aquel queso de cabrales que sabía a pasta de dientes.

El caso era que me encontraba enfermo. Muy enfermo. En el siguiente albergue se lo advertí al patrón del alojamiento. Me aislaron en una habitación para mí solo pagando 500 pesetas la noche.

Una sed imposible. Beber, compensar el sudor que empapaba la almohada, un paño humedecido en la punta de tu lanza —oh, gentil centurión— porque mi garganta es un páramo en abandono. Un cazo de barro saliendo del horno. Un terrón de tepetate. ¡Ah, la sed! Qué diera por una caña de cerveza, un *gin & tonic*, un sorbo de agua en el bebedero de mi infancia. Agua.

En algún momento escuché la voz del posadero quejándose al retirar la bandeja, por cierto intacta. «Joder, con que no haya cogido una de esas enfermedades exuberantes... malaria, ébola, que me contamina la casa.» Y le faltó, porque debo padecer filariasis, mal de Chagas, dengue hemorrágico, tifoidea, una esquistosomiasis, o fiebre *quebrantahuesos*.

Morir en Galicia. Morir en París. Morir en Tlatelolco. Morir en Nagasaki. Morir en Stalingrado. Morir en Trafalgar. Morir en Jerusalén. En algún sitio habremos de diñarla. Un metro cuadrado, una trinchera, el rinconcito donde terminaremos por caer para exhalar, como dicen los bardos, «el último aliento». Después nada. Y lo peor, que fuimos vencidos por un microbio. Una bacteria, un virus, el miasma. «Aquí yace el réprobo.»

Madre del Consuelo, Madre de Piedad, Madre del Alivio, dame de beber. ¿No ves que ardo en las llamas del Hades? Mi boca es incendio. Me queman las palabras. El ascua permanente de mi garganta. Dame de beber. Un té de tila para estarme ya en paz. Un agua de chía y me callo. Un tepache para dormir por siempre. Dame de beber. Madre, Virgen de los Desesperados, Abuela Nodriza. Beber, dame de mamar tu leche santa. Calostro de los inocentes, ¡oh, Bendita!, iníciame. Tu leche que apaga el mal, Xóchitl María, permite que me sacie en tus pechos, Virgen María de Guadalupe, bienaventurada sea tu leche. Hártame, cólmame, derrámame. No su sangre crucificada; sí tu leche en secreto. «Mama, mama», suplica la madre en el arrullo, «mama, criatura mía, mama de mis senos.»

Entreabrí los ojos y ahí estaba ella. Doña Cloranfenicol, «una grajea cada seis horas, hasta que cesen las evacuaciones». Ella mi madre, Xóchitl de María, como siempre cuando los temblores y la fiebre. ¿A qué edad me destetaste? Ingrata. ¿Te mordía el pezón? Dame de beber, Clo.

—*Elle est enfin descendue à trente-sept degrés, mon cher.*

Había dejado de tiritar. Ella retiraba de mi boca el termómetro y me ofrecía un vaso de agua. Por fin, con sus doce letras, *un vaso de agua.*

El quid radicaba en que ella había reconocido mi Pinarello fuera del albergue. La bicicleta que fue de Hélène, la hermosa prófuga. Estábamos en Palas de Rei, a una jornada de Santiago, donde reposa el apóstol Jacobo de Zebedeo. Ella me había salvado y el premio fue dormir entre sus brazos.

Más que mi salvación, lo que en realidad ocurría era que simplemente la había perdonado. Convaleciente como estaba, mi desempeño en la cama apenas fue suficiente. «Cuando la fuerza mengua…», afirman los sátiros. Cloranfenicol, testosterona, aspirina. Somos un matraz de laboratorio que suelta pedos, suspiros y eyaculaciones.

La segunda noche las cosas fueron mejor aunque con una lamentable sorpresa. Arzúa es la antesala de Santiago y por allí pasan cientos de miles de peregrinos cada año. En la Casa Brandariz, donde nos hospedamos, hay un «muro de postillas» en el que los viajeros apuntan con plumón sus comentarios piadosos. La mitad de las opiniones pertenecen a españoles y es interesante seguir el registro de todo tipo de forasteros. Janusz Kolarska, por ejemplo, que llegó en 1971 de Varsovia. Nelson Teixeira en 1984 de Recife. Viviana Trotti en 1977 de Nápoles. Marcus McLinell en 1969 de Montreal. Magdalena Santacruz en 1959 de Santa Fe de Bogotá… «Que el cielo te bendiga esta noche, viajero, y sus estrellas te acompañen como si fuese la última.»

Es lo que se llama fe cristiana.

La verdad era otra. Estábamos haciéndonos los tontos, simplemente eso. Haraganeábamos alrededor de la hostería pues reemprender el viaje significaría concluir el idilio. De sobra sabíamos que veintisiete kilómetros después, al llegar a Santiago, iba a acabar todo y Claudine retornaría a su local de costura. Yo, al demonio. Así pernoctamos (bueno, es un verbo) durante dos días. La noche del martes —que fue 13 de mayo— ocurrió la redención de madame Chifflet.

Estábamos borrachos y desnudos. El cuerpo de Clo (ya lo he dicho) sufría el asedio de la celulitis; venas verdes surcaban sus pechos y las estrías de los ojos asomaban apenas sonreír. En algún momento, cuando ya caía la noche, llevé a la cama a Pancho. Me puse a jugar con el payaso que ella carga como amuleto: lo paseaba por su cuello para besarla, por su vientre, por su pubis como si estuviera fornicándola. «Oh, qué mujer tan hermosa», fingí la voz del muñeco mientras se estremecía sobre su pubis.

Entonces Claudine comenzó a llorar en silencio.

Eso terminaba. No hay final feliz. El adiós de los amantes duele como alfanje en las entrañas.

—¿Quieres que te acompañe a Marsella? —dije por decir.

Clo sonrió y llevó los ojos al cielo.

—Ay, Matías, si tú supieras…

—Si yo supiera qué.

—Ese muñeco, Pancho, me conoce mejor que tú.

—No lo dudo. Tiene la nariz grande —lo alcé juguetonamente.

—«Pancho» es Francisco, ¿verdad?

—Sí, claro. ¿Por qué la duda?

—Así bautizaron a mi hijo.

—¿Perdón?

Entonces Claudine comenzó a llorar sobre mi pecho. Parecía entrar en un frenesí descontrolado. Sollozaba.

—¿Qué hijo? ¿De qué estás hablando?

—«Francisco Ceniceros», se debería llamar. Pero nació muerto; es decir…

¿Qué es hoy? ¿Viernes o sábado? Un día más, simplemente, y quisiera detener la mañana que ya se anuncia. El carro municipal de la basura con sus pitidos de pájaro, *tuit, tuit, tuit*, y los gritos retozones de los niños corriendo al colegio.

En otras circunstancias la situación sería por cierto grave. Despertarla. «Nos ha ganado el sueño —le diría alarmado—. Tienes que ir donde tu marido.» Toda una noche de amor y todo el amor en una noche.

Antes no había reparado en ello. Estoy hablando de sus pecas apenas insinuadas. ¿Le habrán salido con la edad? ¿Las llevará desde niña cuando correteaba junto al Garona hasta arrojarse en su caudal? Me lo contó anoche al revivir a esa niña feliz que ya no existe.

¡Ah… la duermevela! Me he quedado dormido mirando su espalda. Unos minutos que nos arrojan, sin más, el primer rayo solar que se incrusta como clavo a través del postigo. El ardor del nuevo día fundiéndose al cesio 137 que gravita en la atmósfera. Pero óiganlo bien: bajo el techo de esta posada, la Casa Brandariz, nada nos ocurrirá. Permaneceremos guarecidos hasta el último de nuestros días comiendo pimientos de Padrón y bebiendo vino verde.

El resplandor es incontenible. Escurre por el aposento y resalta el trazo de los arabescos en la pesada cortina doble. Semejan una voluta que es una planta que es un rizo inacabable… resabios del arte mudéjar en la repulsa a toda imagen. Díganmelo a mí, *el gran iconoclasta*. Además la refulgencia permite reconocer los pantalones aventados sobre el sofá, el televisor estropeado y la mochila de ella que pesa rigurosos nueve kilogramos (incluido el *sleeping bag* que casi no usa). A ello habría que añadir las sábanas penetradas de humedad, el dosel que anoche nos hizo comportar como achispados marqueses, el goteo fastidioso del lavabo y el payasito sobre la cómoda.

Pancho, que ha sobrevivido con ella trashumancias y desamores. Una vez más estuvo ahí como testigo inoportuno de nuestros afanes sicalípticos.

El día surge, me niego a desplazarme al baño, he despertado con una moderada tumefacción que me sugiere reintentar el juego de juegos. ¿Por qué no? Excederse es apenas comenzar, ¿o debo proceder a cubrirla paternalmente con la sábana?

El animal que habita dentro de mí terminará por vencer. Me azuza todo el tiempo. Desnudos al fin, todo será como en el Edén mientras no irrumpa el tañido de las campanas llamando a tercia. Un cuerpo buscando a otro cuerpo. ¿No ha sido la propensión que nos ha permitido sobrevivir al infortunio?

No quisiera despertarla, no al menos de esta manera. Entonces llega una mosca a posarse sobre su cadera. ¡Fua!, bicho, vete. Extiendo mi mano hasta ella:

—¿Clo? —la llamo.

Pero mejor vayamos al principio, cuando me percaté del secreto. Llamémoslo «el secreto de secretos».

Era de no creerse. La vida es milagrosa y un útero lesionado no la detiene. El escarmiento al que fue sometida en Foix, cuando la rabiosa liberación, le ocasionó el desgarre de un ovario. El otro funcionaba esporádicamente y por ello madame Chifflet menstruaba muy de vez en vez. Un jueves por la mañana, remando en el lago de Chapultepec, Claudine sufrió un desmayo. Acudió al médico y éste le dio la noticia: «Está preñada, señora; felicidades». Los gametos de Damián Ceniceros resultaron por demás vigorosos. A poco de eso, sin embargo, ocurrió una leve hemorragia que cambió el diagnóstico. El embarazo era extrauterino y tenía muy pocas posibilidades de evolucionar. «La gestación ectópica es del todo desaconsejada, señora. Lo que la ciencia marca, por el bien de usted, es interrumpirlo.

Una inyección de metotrexato y a la semana todo será un mal recuerdo.» Pero Claudine se negó a la diagnosis del galeno. Exigió que le aplicaran un estudio de ultrasonido y ahí asomó una esperanza: el embrión se había instalado no precisamente en la matriz sino en la boca de una trompa. Un caso de pronóstico embrollado. Y Claudine, feliz por la noticia, celebró la derrota de su endometriosis y comenzó a buscar un nido para establecerse con Damián, quien tampoco salía de la sorpresa. Era julio de 1963 y el asesinato de John Kennedy no tardaría en asolar al mundo. La francesa no tuvo empacho en anunciárselo a su marido y abandonó la casa para iniciar los trámites del divorcio. La esperanza se extendió todo ese año. Clo se mudó provisionalmente al apartamento de la viuda Bouffard, por entonces directora de la Alianza Francesa, y comenzó a impartir el primer curso de francés. Iban a ser unas cuantas semanas mientras hallaban la casa apropiada, pero el asunto se fue prolongando por la desidia de su amante.

Damián dormía una noche con ella y otra en el hotel San Cosme, adonde se había mudado, además que de vez en cuando visitaba secretamente la casa familiar donde la entristecida Xóchitl María lo recibía con pesarosos monosílabos. Dormía la siesta en su cama antigua y la abandonaba para dirigirse a la redacción de *El Día*. A la semana treinta y seis del embarazo, un miércoles por la tarde, a Claudine se le reventó la fuente. Experimentó un «tris» dentro de ella —fue lo que refirió a los enfermeros— y la tibieza amniótica empezó a escurrirle por las piernas. «Queridos alumnos, creo que debo interrumpir la lección», anunció. De la Alianza Francesa a la ambulancia y luego al Sanatorio Castell. La clínica era administrada por un oscuro amigo de Ceniceros que prometió reducir los costos del internamiento. Ahí la recibió el doctor Merino, quien de inmediato la introdujo en el quirófano. Aquello se complicaba, el producto no había cumplido los ocho meses, fue necesario anestesiarla y proceder a la cesárea. Horas después despertó presa de la fiebre y el doctor Merino se encargó de comunicar prudentemente las dos noticias: la madre sufría una fiebre puerperal (por lo que le estaban administrando fuertes dosis de antibióticos) y «el producto» había muerto a causa de una asfixia perinatal.

—Apenas alcanzaron a bautizarlo en sus minutos de agonía.

Damián se había encargado de todo. Lo llamaron Francisco y ya estaba incinerado. Lo que seguía era aumentar las dosis de ampicilina pues la fiebre no menguaba. Una bondadosa enfermera, Brígida Cipactli, fue quien se encargó de cuidarla día y noche como si fuera su ángel de la guarda:

«Ay, señora, ¿ya nos aliviamos?» «Ay, señora, Dios nos puso en este camino.»

Y Damián, que se apareció hasta el segundo día con el ramo de nardos y una caja de chocolates, se disculpó con toda frescura. Gustavo Díaz Ordaz, que se perfilaba como el candidato presidencial de las inminentes elecciones, le había solicitado integrarse como asesor de Prensa y Medios. Los chocolates, por cierto, fueron proscritos por el doctor Merino hasta que superara el cuadro febril. Phillipe también la visitó un par de veces, con rostro cariacontecido, acompañado por el silencioso Gian Carlo. «Lo que necesites, cariño; házmelo saber.» Luego de muchos días Claudine pudo abandonar el sanatorio para reincorporarse a sus clases en la Alianza Francesa, toda vez que por fin localizó la casa idónea en la colonia Narvarte. Semanas después, para superar el trauma, Damián y ella hicieron aquel viaje a Guanajuato donde se les unió el payasito Pancho, con su cara de imbécil feliz.

—De no creerse —debí comentarle.

Claudine hizo a un lado el muñeco de sombrero a lo Chaplin. Le costó concluir la historia:

—Aquello no resistió. Tu padre se entregó al brandy y me repudió; nunca habitó en esa casa...

—Me acuerdo, sí. Fueron los días en que abandonó también a mi madre. 1964, el año en que dejé de hablarle.

—Luego de aquello me reconcilié con Phillipe. Él me necesitaba, y yo a él también.

—Me lo estoy imaginando.

—Pero en 1967, cuando estábamos a punto de mudarnos a Ottawa, ocurrió lo peor. Habían nombrado a Phillipe cónsul general en el Canadá.

—¿Eso fue lo peor?

Clo se mordió una uña. Lanzó una mirada al payaso inerme sobre la almohada.

—La mañana de ese día, muy temprano, se presentó Brígida Cipactli. Que le urgía hablar conmigo. El vuelo era a las tres de la tarde y aquello era una locura. Once maletas que pagarían sobrepeso.

—Qué quería la señora esa.

—Brígida, la amable enfermera, se presentó para decirme que el niño… mi hijo, no había muerto al nacer.

—Cómo. ¿No dijeron…?

—Damián se lo llevó. «Ay, señora, Dios habrá de perdonarme. El señor Ceniceros se lo llevó no sabemos adónde; seguramente para adopción porque el doctor Merino estuvo de acuerdo en ese enredo. Ay, señora… a mí me dieron mil pesos por quedarme callada y guardar el secreto, pero ahora que supe que usted ya se va, no pude aguantar más. Es lo que vine a decirle.»

—¿Tu hijo, vivo?

Claudine se estremeció. Buscó la blusa para cubrirse. No lograba contener las lágrimas.

—En ese momento decidí que así debía dejar las cosas. El niño tendría seguramente una familia; estaría cumpliendo ya cuatro años…

—¿Damián hizo todo lo que cuentas?

—Mi hijo mexicano que…

Y madame Chifflet se arrojó en llanto sobre mi hombro desnudo.

Pero la mala noticia no fue ésa. A la mañana siguiente, cuando abandonábamos la Casa Brandariz para proseguir la ruta, descubrimos que nos habían robado las bicicletas. Con todo y cadena de seguridad. Los errabundos somos los del mundo.

Llovía sobre Santiago. Era la última luz de aquel viernes y escurríamos como sopa a pesar de las mangas ahuladas.

—Ah, Compostela *enfin* —dijo ella al señalar las torres de la milenaria catedral. Luego estornudó.

Habíamos cubierto a pie el último trecho del Camino y ciertamente nos flaqueaban las piernas.

—¿Te había dicho, Matías, que el domingo es mi cumpleaños?

—Sí, claro. ¿Pastel o piñata?

—La edad prohibida.

—Supongo.

—Después de ti, ya no tendré a otro hombre.

—No exageres.

Conseguimos alojamiento en el hotel Casas Reais, a dos cuadras de la Praza do Obradoiro. Luego de hospedarnos decidimos hacer una siesta así, tal como llegábamos, apenas descalzarnos.

Despertamos poco antes de la medianoche, con jaqueca y desgano.

—Anda, Clo, acompáñame. Debe de haber algún bar abierto. Necesitamos comer algo. Y beber.

—Preferiría quedarme, querido. No me siento muy bien —y volvió a estornudar.

—Debes estar resfriada. Anda, acompáñame; tres copas y el bicho muere borracho.

Pareció dudarlo. Me dispensó una mirada condescendiente. Como la madre que cede ante el muchacho caprichoso.

—Dame un minuto —y se encerró en el baño para arreglarse.

Ocupamos una mesa en el Sant Yago, cuya especialidad eran los pimientos de Padrón. Compartimos una tortilla de patatas y dos botellas de vino verde Alvarinho. Fuimos los últimos clientes en abandonar el lugar. Debía pasar de las dos de la madrugada.

—¿Mañana abrazamos al apóstol? —me propuso.

—Pero hoy a ti —le respondí y en el estrujón la columpié en el aire.

—Ayyy, deja, eres un tosco.

—¿Tú crees? —y la besé (o la mordí) en el cuello.

—Igualito a Damián —susurró.

Esta vez no sentí celos ni ultraje. Yo era mi padre y mi padre era yo.

Esa noche me permití un escarceo impropio entre sus muslos. Pareció sufrir un espasmo. Después, ella sobre mí, se animó a confesar algo que nunca me había dicho. ¿Es tan difícil conjugar ese verbo de cuatro letras?

Estábamos beodos (seguramente fue eso) además de extenuados. Veintisiete kilómetros a pie y todas las copas de Alvarinho aúnan, ciertamente, una cuota excesiva. Soltó un gemido de placidez y rodó a un lado para quedar de espaldas. De esa manera evitaría el resplandor de la ventana al amanecer. Pensé abrazarla, compartir la tibieza del momento, pero Morfeo venció.

Desperté con la pesadilla. Las primeras luces ya se anunciaban y en el colegio yo era el único en mitad del patio. Esperaba angustiado a que el profesor Bermúdez pasase lista. «Ceniceros, Matías.» «¡Presente!»

Sábado 14 de mayo, 1986, el año de Chernóbil.

Clo seguía acostada de espaldas y podríamos intentar un segundo encuentro de madrugada; sólo que me pareció excesivo. Debía cubrirla con la sábana. Aquella placidez era envidiable. Miré la curva de su talle y experimenté la tentación de posar mi mano en ese pliegue de serenidad. Con el deseo volví a quedar dormido.

Me espabilé una hora después, ¿o dos?, con el pene erecto. Y encima la vejiga cargada. Claudine permanecía inmutable a dos palmos de mi rostro. Dejé la cama con sosiego para no despertarla. Oriné sin batir el agua para evitar el ruido. De pronto perdí el equilibrio. El mareo persistía recordándome las dos botellas, excesivas, de Alvarinho.

Ésa es la vida, pensé. Beber, mear y conversar. Evitar el olor de los orines.

Retorné a la cama cuando el primer rayo de sol se colaba entre las cortinas y tocaba una calceta de Claudine. Parecía contagiarle vida. Un ser extraño echado sobre el parquet arrullándose con esa tibieza repentina. Un zorro blanco, un armiño. Volví a recostarme y deduje que era la hora de reiniciar la marcha. La noche anterior, con la última copa, habíamos pactado continuar hasta el océano. La Coruña, Vigo, Pontevedra. No terminar nunca la ruta jacobea y retornar a los Pirineos. Tal vez adquirir otro par de bicicletas y prolongar el Camino hasta que concluyera el verano.

Eso.

Una mosca se posó de pronto sobre la cadera de madame Chifflet. ¿Por dónde había entrado? Le soplé una y dos veces; tres, pero no se iba. Extendí el brazo y el insecto voló. Entonces posé la mano en su cintura (adivinando que el desayuno sería sobre las sábanas), cuando su algidez me alarmó.

—¿Clo? —la llamé.

No me escuchó. Claudine estaba muerta.

El local del Café Bicoca es reducido y queda a la vuelta del hotel. Era una mañana soleada, tibia, y en la terraza permanecían varios parroquianos. Leían el periódico, fumaban, consumían el café cortado con una ensaimada.

«Perdonen ustedes… pero aquí arriba, en la habitación 202, yace el cadáver de la amante de mi padre. Es decir, de mi padre y mía. Es una mujer que… *era* una mujer demasiado castigada por la vida; bueno, ¿y quién no?», pero permanecí callado.

Respiraba con dificultad. No me había rasurado. Me temblaban las manos.

Era inexplicable. ¿Un síncope cardiaco? ¿Una asfixia por reflujo? ¿Apnea del sueño? (De eso murió el padre de Gina.) ¿Síndrome de Brugada? ¿Muerte de cuna... a los sesenta? ¿Hiperventilación alveolar? El caso era que aquella muerte súbita parecía como un rejón asestado por el Arcángel Favorito.

Pedí otro cortado y una copa de brandy. Eran las once de la mañana y seguía allí víctima de la catatonia. Alcé un ejemplar abandonado de *El País*, que a tres semanas del accidente ofrecía un nuevo reportaje sobre Chernóbil. En las páginas interiores se informaba que Mijaíl Gorbachov había pernoctado en Polesia, a 28 kilómetros de la planta siniestrada, y había comentado que era el momento de «impulsar como nunca» las iniciativas de la Perestroika y la Glasnot. Apertura, democracia, transparencia, participación. «Ahora nuestra labor está en los ojos del mundo y no hay motivos para ocultar la verdad. Los días por venir serán la prueba de nuestro destino en la historia.» Además habían iniciado los trabajos para sepultar el complejo nuclear bajo un sarcófago de plomo y 500 mil toneladas de concreto.

Estupor, melancolía, desasosiego.

Llamé al mesero.

—La cuenta, por favor —solicité—. Y perdone, ¿tienen teléfono público?

El empleado señaló una cabinita junto a la caja del bar. Dejé la mesa y acudí al rincón. Había revisado la agenda de Claudine, y me parecía que la clave estaba en esa entrada: «Buttes-Chaumont». Llamé y esperé varios tonos. Al quinto respondieron:

—*Allô!*

—Estoy buscando al señor Magné —anuncié en francés—. Monsieur Phillipe Magné.

—No se encuentra ahora, ¿quién lo busca?

Creí identificar a mi interlocutor. Respiré dos veces.

—Tú debes ser Gian Carlo, ¿verdad?

—¿Quién llama?

—Tengo un mensaje para el señor Magné. Es urgente; ¿puede usted anotar?

—¿Quién llama?

—Soy Matías, el hijo de Damián Ceniceros. Apunte usted: hotel Casas Reais, en Santiago de Compostela, Galicia. En España. ¿Apuntó?

—Sí.

—Ahí está el cadáver de madame Claudine Chifflet. Es necesario que se trasladen hoy mismo para rescatarlo. Y no se preocupen, murió tranquilamente, sin sufrimiento, en absoluta placidez. Deben venir a reclamar el cuerpo, ¿me entiende?

—¿Quién habla?

—Ya le dije. Soy Matías Ceniceros Verduzco, el hijo de Damián. El mexicano Damián —debí precisar.

—¿Está usted seguro? —pronunció con voz entrecortada.

—Sí. Mañana iba a cumplir sesenta, pero cumplió con el Camino.

—¿El camino? ¿Qué camino?

—El camino del santo Jacobo. Apúrense. Comuníquese con Phillipe.

—¿Claudine…? —volvió a indagar—. Pobre Claudine.

—Sí, tiene usted razón. Pobre de ella —y colgué.

Retorné a la habitación, rehíce mi equipaje, coloqué sobre el picaporte el letrero que indicaba «DO NOT DISTURB / HACER EL SERVICIO MÁS TARDE». Antes de cerrar lancé una mirada al cuerpo cubierto por la sábana. Bajo la tela asomaba un rizo teñido de rubio. La vanidad de las maduras. Un rizo por el que mi padre hubiera dado la vida.

—Adiós, Clo —dije al aire.

«El sueño de los amantes pertenece a los dioses.» Con esa frase inicié este manuscrito imperdonable. No puedo olvidarla yaciendo ante mí. Sublime, letárgica, impasible. Desnuda y extenuada.

Desde la ventana de la habitación miro nuevamente los ferries que zarpan de Vigo hacia Cangas. Durante estos días no he hecho más que leer y más leer. Cumplí con la promesa de concluir el Camino en el océano, y aquí estoy, en el Finisterre.

En media hora llegará el crepúsculo y con él la hora en que es iluminado el espectacular que anuncia la exposición de Van Gogh en el Museo de la Caixa-Galicia. Algún día asistiré. Eso dije ayer, y antes de ayer.

«Querido Vincent: tu dormitorio en Arles me arrulla todas las noches a través de la ventana… el cubrecama rojo, la mesita con la jofaina, las dos sillas de paja. Nunca fuiste feliz…», escribí en la página cinco de este manuscrito que se perderá en la ría. Mañana abordaré un batel y lo soltaré en mitad del estuario.

Bajo la ventana del hotel Méjico se escucha un bullicio. ¿Noche de carnaval? No lo creo. Seguramente la juerga de algunos bachilleres celebrando el diploma del fin de cursos. Beben en la calle vino con Coca-Cola; algo que llaman «calimocho». Más tarde, cuando apaguen el anuncio de Vincent a punto de la medianoche, intentaré dormir de corrido. Conseguí un frasquito de Rivotril, así que no padeceré los sobresaltos de los últimos días.

En lo que llega ese momento reviso las fotos que mandé revelar ayer. Cuatro rollos que mi Yashica dejará para los hijos del gran Gabriel, es decir, mis nietos. Fotos de Burgos, de Rabanal del Camino, de Astorga y de Arzúa. Peregrinos en la ruta con sus mangas anaranjadas, amarillas, verde olivo. Refugios y paradores, hostales, bares sin fin donde se restaura la vida.

Quisiera no pensar más en ella, castigada por los dioses de la guerra y el amor. ¿A quién podría yo contarle sus días?

Han transcurrido diez meses (poco menos) desde que abandoné la Ciudad de México. El otro día hice la cuenta y la conclusión es que simplemente soy un forajido. «Matías, el hijo del farsante.» A eso se reduce todo.

Revisando el manuscrito me encuentro con una frase por demás severa: «Pero dejemos hablar a Luzbel, antes que me prescriban el exorcismo».

Dejé todo.

Busqué mi agenda y localicé la seña prohibida: «El Mismo Demonio». Marqué la clave lada internacional y esperé sentado en la cama. De pronto contestaron.

—¿Bueno? ¿Sí?

—Soy Matías.

—Ah… Tlacuache.

—La semana pasada murió Claudine.

—¿Murió?

—Sí, Papá. El sábado pasado.

—Pero de… ¿De qué murió?

—No sé. Un síncope, yo creo.

—Mmmh. ¿Qué hora es?

—Van a dar las ocho acá. Está oscureciendo.

—Acá apenas están abriendo las cantinas. ¿Estás en Francia?

—No, en Vigo.

—Ah, España. Yo había escuchado que estabas en París.

—Sí, un tiempo, pero luego debí… ¿Tú cómo estás?

—Jodidón. Con poco dinero. Ya debo tres rentas.

—¿Escribes algo?

—No. Ya no. Estoy cansado… ¿Dónde la conociste?

—En el Camino. El Camino de Santiago.

—¿Ella? ¿En eso?

—Iba con una amiga, cumpliendo una promesa.

—Una mujer formidable. Demasiado buena para mí.

—¿Es lo que piensas?

—Y tú, ¿sigues con la beca? ¿Te apoyan en el Libro de Texto?

—No, eso quedó atrás.

—¿Cuándo vienes…? A México, quiero decir.

—No lo sé. Supongo que pronto. ¿Sabes algo de Gina?

—Mmmh. Sí, vino con su hijo ese tan simpático. ¿Manuel?

—No, Gabriel. ¿Cómo están?

—Bueno, ella con su nueva pareja. Un tal Isidro Metaca, que creo que tú conoces.

—Sí, claro. También se quedó con mi escritorio en la Conaliteg.

—Ya ves… ¿Y cómo murió? ¿Te habló de mí?

—Sí, algo. Los buenos días que disfrutó en México. Murió dormida.

—¿Dormida?

—Lo que más le gustaba era remar en Chapultepec.

—Sí. Todos los jueves al mediodía. Era fuerte, a pesar de lo que vivió… ¿Hace cuánto que no nos vemos, hijo?

—No sé. ¿Diez años?

—Tal vez más.

—Ahora que regrese te busco.

—Ojalá sea pronto.

—¿Por qué lo dices?

—Tengo cáncer, Matías. Mal pronóstico.

—No me digas.

—Dicen que un año, tal vez un poco menos. Lo bueno son los analgésicos que me trae la Yoris, tu hermana. Tramadol dos veces al día. Y la metadona, que es un lío conseguir.

—No sabía.

—Renato está peor. Casi agonizando.

—¿Leduc?

—«Sabia virtud de conocer el tiempo…»

—«A tiempo amar y desatarse a tiempo».

—«…y hoy que de amores ya no tengo tiempo, amor de aquellos tiempos…»

—«Cómo añoro la dicha inicua de perder el tiempo.»

—El buen cabrón. No creen que alcance a llevar los peregrinos en Navidad.

—Cabrón él y cabrón tú, Papá. No te hagas.

—Sí, hijo; no me puedo quejar.

—Bueno, pa, ya voy a colgar. El minuto me cuesta cuatrocientas pesetas.

—Oquei, sí. Luego nos buscamos.

—Sí, claro.

—…oye, espera. Una pregunta.

—Sí, dime.

—Tú, que la viste. ¿De qué color eran sus ojos?

—Ay, Papá —y colgué porque la voz me traicionaba.

Había oscurecido y la habitación de Van Gogh refulgía frente a mi ventana. Busqué las fotos y di con el rollo aquel, cuando la visita a Auvers, donde está sepultado luego del pistoletazo.

Eran treinta y seis impresiones a color. Comencé a revisarlas y disfrutar eso que ya olía a nostalgia. Las barcazas en Pontoise, el andén de Éragny, el pequeño museo de sitio. De pronto tuve en las manos aquellas dos fotos de la iglesia del lugar... y al observar los detalles di con esas viajeras bajo las frondas del parque. Dos mujeres con falda color crema y los sombreritos amarillos. ¡Eran Hélène y Claudine antes de conocerlas...!

El corazón me dio un vuelco. Las lágrimas ya se agolpaban. So, maricón.

Dejé la habitación. Bajé a la calle por las escaleras a fin de evitar el ascensor. Busqué El Century, donde calo todas las noches. Bebí tres whiskys al hilo, con vehemencia de apóstata; tal vez cuatro. Apenas si toqué la empanada de bacalao.

Desde mi pequeña mesa junto a la acera veía transcurrir el río de autos y los chavales recién graduados. Borrachos y felices. La vida debe ser eso. «Felicidad y celebración», me dije mientras miraba pasar aquellos Seat y Peugeot y Volkswagen y Fiat y Citroën y Opel anónimos. Hubo un chirrido de llantas a lo lejos y todos en el bar alzaron la vista. Luego nada.

La vida es un tránsito y acaba en cualquier semáforo.

Cuando el camarero llegó con la cuenta le dije al entregar los billetes:

—Grises pero verdes, dependía de la hora.

—Perdone pero, ¿de qué me está hablando? —se quejó.

—De los ojos de Clo —debí aclararle.

Retorné a mi habitación; la 505, con vista a la ría de Cangas. Busqué el frasco del Rivotril y llenaba el gotero cuando escuché cinco toquidos en la puerta. Cinco, no cuatro.

Me acerqué para indagar:

—Quién es —con tono de fastidio.

—Abre, pagano…

—¿Perdón?

—¡Abre, demonio!

Esta obra se imprimió y encuadernó
en el mes de abril de 2019,
en los talleres de Impregráfica Digital, S.A. de C.V.,
Av. Coyoacán 100–D, Col. Del Valle Norte,
C.P. 03103, Benito Juárez, Ciudad de México.